www.bookpressny.com

El hilo de la memoria

Colección narrativa
Nueva York

Edición de:
BOOK PRESS NY

Antología de textos de:

José Acosta - Renandarío Arango

Blanca Irene Arbelaez - Adriana Carrillo

Jacqueline Donado - Mariel Escalante

Pedro Arturo Estrada - Miguel Falquez-Certain

Plinio Garrido - Linda Morales Caballero

Álvaro Morales Collazo - Armando G. Muñoz

ISBN-10:098470308X
ISBN-13:978-0-9847030-8-1

Presentación

El hilo de la memoria

Colección narrativa

En el devenir de un tiempo siempre abierto al cambio, la rapidez, la fugacidad y el olvido, creemos oportuna la recuperación de una palabra lenta, original, vuelta a decir desde sus raíces que restaure en nosotros vínculos, memorias, imágenes, atmósferas y vivencias perdidas. Reconstruir a partir de esa palabra un paisaje interior, el resplandor primero de lo que fuimos, retomando entonces el hilo aún vivo de un lenguaje que, de alguna manera, nos lleve a desatar la madeja completa de nuestras vidas y volver a tejer junto a otros, un diálogo de intimidad y autenticidad todavía posible.

Es la invitación a releernos no desde una nostalgia inútil, sino desde una memoria siempre necesaria y vital que ilumine nuestro presente.

El hilo de la memoria

Autores

Darío y los caballos
(Testimonio)

José Acosta

Y hoy, como Darío, he regresado de ese viaje montado en un caballo: mis libros, con la humilde intención de mostrarle al mundo mi sueño: ser escritor.

A la edad en que en los niños aparece la línea terrible que divide lo real de lo irreal, desapareció Darío, un muchachito endeble, de carita colorada, cabellera temblorosa, en cuyo semblante se vislumbraba la tajante resignación de los ancianos. Tendría yo unos siete años y aún hoy recuerdo la voz deshilachada de su abuela llamándolo angustiosamente, con tanta claridad, como si en este momento ella todavía lo estuviera llamando.

¡Darío! ¡Daríooo!, recuerdo que gritaba la mujer, mientras tocaba puertas, revisaba callejones, recorría las calles polvorientas del barrio con la desolación de los cortejos fúnebres. Sólo la noche borró aquel llamado, aquel nombre que de tanto andar por el viento ya había dejado su marca triste y pavorosa en todos los rincones.

Pero no bien salido el sol, la abuela de Darío prosiguió su doloroso peregrinaje como un alma en pena, con más fuerza aún, como si la oscuridad le hubiera recargado su amor materno.

La preocupación, el terror, el miedo, se apoderaron de mi madre y mis hermanas mayores, quienes, con la desaparición de Darío, nos cuidaron con más recelo, trazándoles límites al mapa de nuestros juegos, no fuera el roba-niños a llevarnos en su macuto.

Al tercer día de la desaparición, con el mismo misterio con que supongo se presentó Cristo a los apóstoles, Darío apareció, no a pie mostrando sus heridas como prueba de su calvario, sino a caballo, mostrando su alegría. Pese a que vivíamos en un barrio de las periferias de Santiago, la idea de un caballo sólo la relacionábamos en ese entonces con las marchantas que traían verduras de las montañas, o con los cargadores de arena que siempre andaban con una recua de burros.

Darío, más pequeño que sus seis años, pasó por la calle montado en un caballo, llenando de alegría a los que ya lo habían enterrado bajo las oraciones, y, al llegar a su casa, fue recibido por su abuela como el hijo pródigo.

Desde ese día y durante toda mi infancia, Darío no perdió oportunidad para desaparecerse. Era tanto el amor que este niño le profesaba a los animales, que durante aquellos años se convirtió en algo normal ver pasar por el frente de nuestra casa a aquel muchacho encaramado en el lomo de un burro, cuidando una vaca parida o pastoreando un rebaño de ovejas.

Cuando salí de mis pantalones cortos para entrar a la adolescencia, una mañana me marché de casa para ingresar al Instituto Superior de Agricultura, sin imaginar que con ello empezaba a invadir el mundo de los adultos. Desde entonces nunca volví a saber de Darío. Era como si aquel niño jamás hubiera regresado en su caballo, y se hubiera quedado perdido para siempre en el reino animal y fabuloso en el cual solía imaginarlo.

Con los años, fui relacionando a Darío con las personas que padecen algún tipo de locura. Durante mucho tiempo no concebí otra explicación a su osadía, a su denuedo, a esa forma extraña y ciega de perseguir el destino. Me lo imaginaba viejo, maltratado por los años, en alguna taberna o en esos centros psiquiátricos en los que, en lugar de esconderse, aflora con más ímpetu la demencia.

Hace apenas unos días me encontré en la casa de mi hermana a la abuela de Darío, ya hecha un manojo de arrugas, y lo primero que hice fue preguntarle por él. Su respuesta me desengaño: "Darío es administrador de una finca de ganado, y el hacendado lo quiere como a un hijo, porque vaca que toca Darío, vaca que engorda y se pone bonita".

Entonces comprendí que de un modo u otro todos los seres humanos tenemos dentro a un Darío. Tenemos a ése que, sin importar peligros, ciego a los dardos del mundo, se lanza en pos de su sueño. Darío, a los seis años, ya sabía que su destino era estar junto a los animales; regresó, sí, pero para mostrarle al mundo la encarnación de su sueño: un caballo.

Cuando llegué a esta conclusión me dije que yo también, no recuerdo qué día, me desaparecí de las cosas cotidianas, y me marché detrás de mi sueño: la literatura. Y hoy, como Darío, he regresado de ese viaje montado en un caballo: mis libros, con la humilde intención de mostrarle al mundo mi sueño: ser escritor.

Al final de la meta, estoy seguro, hay un lugar común donde coinciden todos los soñadores: poetas, abogados, médicos, veterinarios... Es una plaza donde se reúnen todos los que ya han alcanzado su sueño. A los quince años descubrí que mi sueño era ser escritor. Miro este día y me doy cuenta que todavía no lo he logrado, porque en él no he hallado a Darío.

Profesionales con bicicleta

Renandarío Arango

Otros, y ya tal vez sean pocos, persisten en ignorar que la paz en un derecho universal, igual al derecho a la vida.

He regresado.

"Vengo... con la piel cansada de la tarde gris..." como para cantarle a un recuerdo...

Me apabulla esta carga del tiempo. Persigo aún ensimismado las huellas sobre la nieve, y ya cansado... sé que reaparezco durante los escarceos de un invierno retrechero, otra vez aquí... otra vez en este Nuyork.

Todo a mi regreso, me hace ver y comparar muchas cosas, y desde este tedioso autoexilio redimo las experiencias vividas en los pocos lugares que visité. Allá, bien lo sé, cada uno tiene sus características, no sin descontar que casi todos gozan de tener sonrisas comunes cuando tratan de vendernos algo. Son de sonrisa fácil, como si estrenaran dientes, y aunque pareciera que ignoran la hipocrecía, pues no es nada raro que al despedirte, soterradamente se les escape una socarrona risita criticoide, o lancen un insípido comentario, y hasta uno bien simbólico o descarado, por no parecerte a ninguno de ellos en la forma de vestir, o acicalarte el cabello, o por no hacer todo igual a como están acostumbrados desde que nacieron; o incluso por no responderles saludos gratuitos a desconocidos, o mantener una asombrosa seriedad en momentos en los que civilizadamente creen que los debemos imitar, y hasta tener que aceptarles sus ancestrales rituales; uno tan común, es la infaltable invitación a tomar café en cada visita, o un aguardiente, o aún dos, o beber del remate final de una inmensa botella, y sea en la mañana, o cuando sin el momento ameritarlo, se inventan la disculpa para iniciar una charla para plantearnos un negocio en el que casi siempre ganan ellos, con la insistente aseveración de que nos están atendiendo; y así siguen... sobornando con la sempiterna costumbre de domeñar a la más tesa voluntad con dichas tentaciones, para querer hacernos ver, y hasta tratar de hacernos creer, que jocosa u orgullosamente todos ellos descienden de sefardíes, sin atenerse a confirmar las serias implicaciones de dicha aseveración, o ni siquiera su certeza.

Cuesta trabajo entender, que negarse a una de esas invitaciones puede considerarse afrentosa. No basta decirles que tanto la cafeína como el alcohol lo mantenemos a raya, o los hemos eliminado de estos ajetreos de cuando conocer nuevas amistades se trata, pues hasta no falta el fumador que quiera instar a un duelo de botafuegos, y en medio de nuestras reiteradas negativas, comiencen a verte como salido del seno bíblico; y es que tal vez por ello, hasta lleguen a pensar que ya estás en la lista de los elegidos del argentino Francisco de Roma, o puedan igualmente sentir el tangible deseo de pedirte alguna bendicioncita o hacerles un milagrito, siempre en diminutivos, o hasta resentirse sinceramente por no acompañarlos en sus amistosos retos, que para casi cualquiera de ellos son sanas invitaciones... muy amistosas y sinceras: "¿no cierto?" -interrogación usada por ellos a manera de confirmación implícita, en principio o coda de cada diálogo, y si no por todos, por la gran mayoría..., ¿no cierto?

Allí, todos los mayores de edad lucen igualitos. Al menos así pude verlos, sus camisas son como compradas en el mismo almacén, y hasta parecen informalmente uniformados. No usan casi nunca zapatos tenis, salvo en ocasiones deportivas, y por lo general durante los fines de semana, en los que forzadamente cambian esos planchados pantalones por jeans, o las mal llamadas sudaderas, las que no sudan sino ocasionalmente, -en especial los jubilados-; pero es durante el resto de los días de la semana cuando salen bien engominados, y estos especímenes en vía de pronta o rápida extinción, se visten para ir a quemar tiempo, como si salieran a oficiar en alguna importante oficina, excepto cuando van al gimnasio o al centro geriátrico a jugar naipes o a contarse las mismas cuitas en sudaderas; las que no son muy del gusto de las otras generaciones que heredaron esa sana diversión de entrepiernas, acaballados en bicicletas que se aferran a las lomas en un peregrinar dominical hasta coronar cualquier cuesta, y son muy respetados por los trasnochadores conductores que les admiran el esfuerzo después de sus resacas monumentales, y que curan en las fondas camineras, desde donde los ven subir en su insidioso pedalear o descender a TM, -(a toda mierda, para los que no sospechan la criptografía lugareña)-, irrumpiendo desde el viento frío de las laderas.

Algunos, de los ya maduros, dicen disfrutar de los mismos colores apagados, y deben ser "muy" neutrales en su vestir, pues si alguien osa ponerse un verde color enseña de un equipo futbolero, o un azul, o el censurado rojo, ya con esos colores estarían "dando papaya", pues corren el riesgo de perder amistades, y de pronto hasta la vida, pues estos colores han sido ya asimilados por fanáticos ignorantes, dentro de las frecuentes luchas deportivas, en especial el fútbol: paliativo, veneno y religión de muchos, que a veces se convierten en cruentas luchas y guerras; siendo en las luchas políticas, en las que por más de cincuenta años, un muy discreto 90% de la población del país han tenido "sus" víctimas; y algunos siguen soterradamente fungiendo como victimarios hasta de sus propios vecinos, ya que son intolerables de capirote, extremadamente juiciosos con aceptar a ciegas todo lo que le dicten los medios locales, y llegan hasta a negarse a discernir o analizar otros conceptos que no les avalen dentro de su grey, pues toda información o análisis de la actual situación política, tiene que tener un origen, y si éste es de un extranjero, y viene de una isla caribeña, tiene que ser presentado como tendencioso, dubitativo o más aún, pecaminoso; y en el mejor de los casos, en proceso de ser estudiado, asimilado y finalmente aceptado por los dómines de su grey o partido, que estará siempre avalado o reconfirmado por otros que piensan por el individuo y profesan su credo.

Si estos conceptos no los avalan medios que ellos mismos tienen ya clasificados, opinan entre ellos, para hacer o permitir lo que llaman concesiones, sin admitir realidades históricas, aparte de las ya conocidas o divulgadas a través de sus propios medios, generalmente consultando muy al norte, que es donde ciegamente creen que vive dios; sin embargo, los menos recalcitrantes, especialmente algunos jóvenes, que desde ya son mal mirados como futuristas, reconocen discretamente que ésas deudas de sangre nunca se pagarán, y a pesar de pesares, muchas veces personales, pues se sabe que éstos incluyen perdidas de padres, o de hijos, pero ya éstos aceptan dolorosamente el gran sacrificio, para querer pactar una paz de la que sin ambages, todos y cada uno quieren duradera, o apesadumbradamente conciliatoria. Otros, y ya tal vez sean pocos, persisten en ignorar que la paz en un derecho universal, igual al derecho a la vida.

En el mundo del arte, los tejemanejes de cada exposición tienen que ser "manejados o curados" por los mismos o mismas de siempre, los que se han mantenido subyugados por más de cincuenta años ante una recalcitrante adoración por las siliconas y su representante favorito, del que no se puede discernir los dones de saber vender sus cosas muy alto, y haberse tomado por asalto, desde un museo que aparentemente pertenece a todos, hasta todos los ambientes, para redecorarlos con esas sus voluminosas cosas, desde espacios públicos, hasta los gimnasios, a donde han llegado para convencer a las damas de los invaluables beneficios del ejercicio, y hasta en esos otros antros en donde pululan las mal llamadas clínicas de estética, para que con ese clásico lavado cerebral, puedan rellenarles todas las ambiciones estéticas, -sobre todo a las aparentemente sin téticas ni retaguardia-, víctimas cegatonas de la moda impuesta por "los traquetos" y sus descendientes, los que siempre piensan que bastante no es suficiente; sin animarse ni casi nadie atreverse a concientizarlas de que en este lucrativo negocio, -en el que bien sabemos que toda moda es pasajera-, ya tarde o temprano tendrán que sentir las consecuencias de su mal gusto, o su ignorancia, para después tener que volver como víctimas cautivas por otro nuevo par, y cada cierta cantidad de tiempo, en el que ya la reducción será obligatoria, y las consecuencias tal vez fatales; pues sabrán de primera mano que ya no serán las mismas con las mismas, y el estado original será averiado de por vida, incluyendo esa apaleada auto-estima, de la cual hicieron mal uso hasta convencerlas y engatusarlas con algún descuento si les llevaban otras atolondradas más. Aquí es cuando recuerdo, y muy bien, lo que decía mi abuela: -"Cuando a una mujer se le mete una cosa en la cabeza, es más fácil sacarle la cabeza... que la cosa.-" ¡Dichosa abuela!

Muy a pesar de las incongruencias, esa ciudad mantiene un nivel de calidad muy diferente al de otras ciudades, -se creen los más felices-, pues se dice que su índice es uno de los más altos a nivel mundial, con todo y sus variantes, pues dentro de los proyectos municipales existe uno en particular, en el que para construir un parque, y dizque darle mejor vida a los ciudadanos, han decidido trozar viejos árboles que ya estaban altos y sanos sombreando una importante autopista, y con ello darle ahora prioridades a un viaducto con sus muchos vehículos, por sobre el cual recrearán ese otro parque de uso comunitario que durará en construcción algunos años; pienso que de pronto hasta más de lo que ha durado la desigual y eterna guerra fratricida, pero dicen que florecerá con plantas que tal vez nunca alcanzarán la altura ni envergadura de los muchos árboles que ya trozaron. Y es así como tristemente recupero el recuerdo de un himno, el himno aquel que orgullosamente nos enseñaron desde la primaria y dice: "El hacha que mis mayores/ me dejaron por herencia...

El verde, ése que se ve vive desde mucho antes..., es entonces otra víctima más que está y pulula en todas partes. Ahora dizque reverdecerá por obra y gracia, esparciendo sus raíces sobre el concreto, y tal vez por ello se sufra está muy sana decisión de hacer sobre lo ya hecho, ignorando lo que la naturaleza ofrece o brinda en abundancia a cada paso..., y de gratis. No obstante, esa misma gente pujante y llena de orgullo ciudadano, -recién reforzada con abundancia de nuevas generaciones-, y cada día más sobrepoblada, no ha podido reglamentar el excesivo tráfico de motocicletas, pues las hay de todo tipo y cilindrajes que pululan indiscriminadamente, y cada dos o tres segundos pasan, surgen y atropellan por entre los cuasi alelados conductores de otros vehículos, obligados a usar frenos en fracciones de segundo, inanes ante las afrentosas y ruidosas dos ruedas, portando a más de un hijo(a) sin padre conocido, que no sólo les llega por derecha o la izquierda, sino que hasta se cruzan de a dos o más, por el mismo frente, por detrás, y al mismo tiempo.

En los barrios populares, las vías peatonales o aceras, en muchos casos son estrechas, disparejas y decoradas por sus propietarios con baldosas deslizantes, ignorando el alto riesgo al mojarse, pero son impuestas por esos dueños para que hagan juego con unos diseños de sus fachadas, en las que los sufridos arquitectos ya se han jugado su carrera, en beneficio del mal gusto del cliente, o sigilosos disciernen ante el alto riesgo de impago en la última cuota de sus honorarios, ya que casi todos tienen de estas mismas peligrosas baldosas en los baños y duchas, en donde inexplicablemente no se sabe, si se han reportado víctimas en el ya condicionado y bien concientizado aprendizaje de los diestros pies de cada ciudadano, quienes a simple vista, nos parece que compitieran con las salamandras en cada una de sus bañadas.

Es de notar que algunas de esas aceras, o

sardineles, mantienen áreas privilegiadas con un ordenado y seguro señalamiento sobre la ruta. Éstas poseen notorias protuberancias para que los invidentes puedan orientarse, cosa que me pareció nueva, aunque tiene años de uso, al igual que los sonidos que emiten en las esquinas algunos semáforos con las mismas intenciones; pero es que hay también otros sonidos en esos mismos barrios populares, y aún en los otros; son de ruidosos vecinos que durante el fin de semana afectan la convivencia, ya que usan sus equipos de sonido a volúmenes estrafalarios, y hasta altas horas de la madrugada, incluyendo el día domingo, con la misma atosigante música y el generalizado mal gusto de embriagarse con el vecino de al lado, hasta conformar los grotescos grupúsculos de barrio que se destacan por imponer sus carencias de buen vivir, falta de conocimientos musicales, y sobre todo recaen en la constante carencia de variedad y buen gusto, persistiendo en su ignominiosa y ruidosa afrenta a sano vivir. Siguen actuando contra el derecho colectivo, y dando pie a la creación de ese inventico fatal de las fronteras invisibles, en donde los vecinos de otros barrios no son aceptados, y es cuando estos deslumbrados abusadores actúan impunes, con sus manifestaciones heredadas de otros tiempos horrendos, en los que no imperaba ni la razón o el derecho, sino el fatal disparo a mansalva, o la amenaza sutil y abierta para desplazar a otros.

Dentro de las más notorias influencias, ya le han hecho mucho caso y comido muy bien el cuento a ese gran escritor don Fernando Vallejo, aceptándole ciegamente su posición frente a los perros, quien ya les ha carcomido el cerebro con eso de acogerlos; hasta nos parece sospechoso que él tuviera acciones en la novísima industria de las mascotas y sus derivados, puesto que allí abundan los perros, no los callejeros o satos, ahora son muchos los muy ruidosos ladranchines que persisten desde temprano en llamar la atención no solo de su dueño, sino que establecen abierta y libre comunicación de ladridos entre perros vecinos durante todo el día, en una cacofonía de aullidos cuando sus dueños se ausentan, pues estos obnubilados persisten en tener hasta más de siete de estos torturantes ladradores de mierda, los que en medio de mi estolidez no me permitieron ni siquiera terminar esta nota, dormir algunas veces, y hasta abusaron de mi convalecencia sin atenuante alguno; desde ya se pueden imaginar la hediondina de aromas inconcebibles emanados desde reducidos apartamentos tomados por asalto por estos canes, y la inconsecuente alcahuetería de sus propietarios.

La ciudad abunda con buenos profesionales en todas las carreras, pero dentro de las limitadas posibilidades para todos, se sufre la tradicional gerontofobia. Son muchos, y aún los profesionales más jóvenes, los que cada tanto tienen que hacer forzados cursos remediales, costosos posgrados, y carreras paralelas, para mantenerse en el cargo, o intentar optar por ascensos generalmente mal pagos, que están en manos de otros menos aptos, pero bien acogidos por el nepotismo, o los privilegios ganados con sus íntimas relaciones púbicas, y aún sobran profesionales con más grados que un termómetro, pero desempleados.

Esto me recuerda cuando estaban próximas las graduaciones, pues no faltaba algún humorista ridiculizando esa fábrica ensambladora de cerebros en serie, para también desprestigiar la honrosa y mal pagada labor de los mensajeros o cobradores, los que en esa época, hacían uso de la bicicleta como su único medio de locomoción y enseña; estos improvisados humoristas, instalaban en las paredes universitarias algunas pancartas y avisos, ilustrados con sus cari-caturas mal intencionadas, para con ellas decirnos que se necesitaba emplear a algunos ingenieros, abogados o de cualquier otra carrera, para que fueran contratados de alguna forma, pero obligatoriamente se presentaran a optar su puesto: como profesionales con bicicleta.

Secretos de familia

Blanca Irene Arbeláez

Trataba de sacarle provecho a todo y de expresar al menos mi alegría de vivir cuando salía a recoger café con doña Tula y mi hermano,

A veces añoro estar en mi tierra natal, con el mismo trabajo que tengo acá; lo intenté y me fui por un lapso de cuatro meses, pero como paso de los 30 años, me vieron muy vieja y no me dieron ni esperanzas de empleo.

Me fijo en las fotos y veo que mi piel ha cambiado: unas cuantas arrugas que son como trofeos y menos bronceada que cuando vivía en Colombia; debe ser por estos fríos en Nueva York, ciudad donde escasamente tenemos tres meses de calor.

De Calarcá sólo tengo buenos recuerdos, desde aquellas largas caminadas hasta la finca cuando salía del colegio, así como las historias que conocí.

Cuando estudiaba allá llegaba a casa en la tarde, hacía las tareas y luego debía ayudar en las labores del campo. Recuerdo que me acostaba agotada. Mi papá escuchaba las noticias después del almuerzo y se quedaba dormido sobre una mesa que había en el corredor. En las tardes iba Marcela Murillo, una vecina muy querida y madre de doce hijos, niñas y niños con las que jugábamos junto a mi hermano John Jairo. Marcela hablaba de sus dos hijas mayores que habían viajado a los Estados Unidos y se sentía muy orgullosa de ellas porque trabajaban como "modelos" en Las Vegas, donde les iba muy bien, tanto que en el primer año de estar allá tenían casa propia y unos ahorros en el banco.

Mi mamá desconfiaba, y era mi papá quien comentaba: "Montañero no pega en pueblo, nosotros no tenemos ni esperanzas de ir por allá". Pero doña Marcela insistía que enviaran a Perla, mi hermana mayor. Ella estudiaba en Armenia muy juiciosamente, y aunque la idea parecía un poco descabellada al final lograron convencerla de hacer el viaje. Perla viajó, ayudada por la tía Gertrudis, quien ya había ido a los Estados Unidos, y se había casado con un viejo rico.

Una visita de los fines de semana en mi casa, era doña Ana Tulia la vecina, un poco mayor, no pasaba de los 25, le decíamos Tula de cariño y doña por el hecho de ser casada. Muy buena amiga, noble y muy servicial, aunque tenía un pequeño defecto: una lengua con la que podía peinarse. Todo lo contaba, incapaz de guardar un secreto. A ella le gustaba ayudar económicamente a su familia y mi papá le dio trabajo recogiendo café. Mi hermano y yo íbamos con ella.

Trataba de sacarle provecho a todo y de expresar al menos mi alegría de vivir cuando salía a recoger café con doña Tula y mi hermano, cantando a toda voz por esos campos, aunque la vecina lo hacía mejor. Reíamos y hacíamos charadas con los peones. Doña Tula era al fin la mejor amiga de la familia y le escuchábamos todo. Una de las canciones era muy diferente a la que cantaba en el coro de la iglesia:

"En una cantina lo encontré,

en una cantina lo perdí,

y hoy voy de cantina en cantina,

buscando al ingrato que me abandonó."

A veces caía un tremendo chubasco y nos tapábamos con un plástico. Doña Tula, mi hermano y yo disfrutábamos de todo aquello sin ningún temor. Nos gustaba ver cómo el viento desnudaba los árboles y cómo se hacían tendidos de hojas en el camino, y las vacas corriendo por los potreros, mirar terneros buscando los bebederos y las canoas donde se les picaban cáscaras de plátano. Los caballos comían en cambio, caña picada de la que sacábamos pequeños trozos que chupábamos con gran deleite. Nos gustaba coger las drupas del café por lo bellas que se veían, le tirábamos piedras a los panales de avispas y la vecina nos regañaba: "Muchachos, no hagan eso", luego corríamos para evitar las picaduras.

Vienen a mi mente esas tardes de chocolate y largas tertulias entre doña Tula y mi mamá. Yo me iba detrás de la puerta a escuchar. Y vean de lo que me enteré entonces: que el matrimonio del señor alcalde Lucas González, no era tan feliz como parecía, ni era la pareja ejemplar que todos imaginaban en Calarcá. Cuando don Lucas se casó con Luzmila, ya la virginal esposa tenía su "tapado", o sea un niño producto de una metida de pata en el colegio de señoritas en la ciudad de Envigado, y que según las malas lenguas, era hijo de un profesor. Luego el señor alcalde se daba ínfulas de ser un ejemplo a seguir, pero varias personas lo vieron tomando nada y nada menos que con el señor párroco del pueblo, cada uno muy bien acompañado. Por algo le tenían apodo al sacerdote aquel de "Cariño malo". Todos los domingos se escuchaba música romántica por el auto parlante de la iglesia, y la que más repetía era precisamente la que hacía alusión a su apodo.

Mis padres que con tanto esfuerzo consiguieron la casita y lograron tener lo necesario, les tomó tiempo, por eso era que razón tenían en desconfiar de las muchachas de los vecinos que consiguieron tanto en poco tiempo en el extranjero.

Cuando tuve la oportunidad de viajar a Nueva York en 1982, me encontré con una de ellas, más mayorcita que yo y sin ningún rodeo me dijo que dejara de trabajar en el restaurante como mesera y me fuera para Las Vegas donde lo único que pedían era que fuera joven y bonita, sin previa experiencia. Con curiosidad le pregunté a Leonila, la señora que me rentaba una habitación, pues ella llevaba varios años viviendo en la ciudad y podría tener más información acerca de lo que significaba ese trabajo. Leonila se echó a reír y me explicó de qué se trataba, claro que me dijo también que lo dejaba a mi libre elección pero ya sabiendo a lo que me atenía. ¡Cómo les parece! Y yo imaginándome de modelo en las portadas de Cosmopolitan y Vanidades. Sin embargo también le pregunté a mi hermana, por si Leonila me estaba mintiendo, y me sobraron orejas para escuchar la cantaleta de Perla. Tuve que conformarme con seguir de mesera en los restaurantes de Queens.

Añoraba y recordaba aquellos días con mi familia cuando todavía no había salido de Calarcá. El tiempo había que aprovecharlo y cambiar de ambiente. Para eso eran las vacaciones de mitad de año, una época siempre hermosa. Los cuadernos los guardábamos y dos días antes de regresar a clases, hacíamos las tareas. El resto del tiempo John Jairo y yo ayudábamos a mi mamá a cuidar las gallinas y mantener limpia la huerta, y a mi papá a coger café.

Cuando llovía el camino era muy resbaladizo,

teníamos que agarrarnos de las ramas para no caernos, pero se nos embarraba la ropa. Una vez llenos los canastos, nos encaminábamos a la casa. Doña Tula que era tan directa para hablar, me decía: "Pues con el aguacero ya se les pegó la ropa y hasta una buena gripa los va a agarrar. A vos Amanda, se te nota en las tetas que tenés frío." Me moría de la vergüenza, agachaba la cabeza y seguía hacia mi pieza a cambiarme.

Pero como era época de cosecha no se podía dejar de trabajar por culpa de las inclemencias del tiempo. Al volver, ya cayendo la tarde salía mi mamá a recibirnos:

— ¡Eh Ave María purísima, muchachos!...Miren pues cómo se empaparon. Vengan a quitarse esa ropa que se van a resfriar.

Mi papá, nos sugería que tomáramos aguapanela con anís, que eso nos prevenía de un buen catarro.

Él y los peones también llegaban mojados y se cambiaban de ropa, pero no se lavaban los pies. Se ponían a tomar tinto y a jugar dominó mientras llegaba la hora de la cena.

Cuando me gradué de bachiller, obtuve el premio de "buena conducta": mi novio Fernando me dejó preñada. Así que me fui a vivir con él en la finca de un tío suyo y fueron días locos. Nos instalamos en un pequeño cuarto en la parte alta de los silos de café. La cama la había hecho él con cuatro guaduas amarradas al techo con manilas gruesas, parecía un columpio. Colgábamos la ropa en puntillas que estaban clavadas en la pared y dormíamos con un perro grandote para que nos cuidara.

A finales de 1982, vino una época mala, Fernando se enfermó y no teníamos ni los pañales para la niña que iba a nacer pronto. Perla, mi hermana, quien llevaba un par de años en Nueva York, me envió el pasaje y viajé como mucha gente indocumentada por México, donde alcanzó a nacer mi hija Juanita.

La despedida con Fernando fue sin lágrimas. Durante el vuelo, experimenté algunos dolores en la parte baja de la espalda, me levanté al baño varias veces, pero no quise quejarme con las azafatas. Una vez sentada, seguía mirando a través de la pequeña ventana. Era la primera vez que viajaba en avión. Recuerdo que me zumbaban los oídos y sentía ese vértigo tan sabroso casi como un orgasmo.

Llegué a México al amanecer. Allí me esperaba un amigo de mi hermana y ese mismo martes seguí el viaje hasta la hermosa ciudad de Puebla. Experimenté nuevas costumbres, teníamos que ir a los baños públicos donde entra todo el mundo desnudo a bañarse, pues no había ese servicio en la casa. Extrañé bastante la comida, porque allí todo era picante, pero sabroso. No podía dormir con facilidad. Me sentía agitada y a los tres días como a las tres de la madrugada, empezaron los dolores de parto más increíbles, hasta hacerme llorar. Ya no tenía dinero, pero rápido, sin mucho problema, me atendieron muy bien, practicaron una cesárea y, a las 6:53 de la mañana, nació una niña hermosa y saludable.

Envié una carta a mi mamá y un telegrama a Fernando, contándoles que todo estaba normal y había una nueva integrante en la familia. Fue algo hermoso. Estaba muy emocionada al ver por primera vez la cara de mi hija. La abracé contra mi pecho y pensé que ella sería el bastón de apoyo cuando llegara a mi vejez, la que un día cerrará mis ojos cuando la muerte llegue.

Seis días después partí, junto a mi hija, rumbo a Tijuana en una avioneta, allí me esperaba Soledad, una mexicana amiga de mi hermano. Me atendió como si fuera de la familia. Estuve dos meses ahí y, en la primera semana de diciembre, pasamos caminando por montañas hacia los Estados Unidos. Un mes mas tarde, tomé vuelo a Nueva York. Fue hermoso llegar y contemplar esa sábana blanca sobre la ciudad de los rascacielos, la nevada más bella que nunca imaginé.

Al bajarme del avión, pude ver entre la gente que esperaba a los pasajeros, a mi hermana y a mi prima, quienes con los brazos abiertos y llenas de alegría nos recibieron. Esa noche poco dormimos, conversamos hasta el cansancio.

Al día siguiente fuimos a Central Park a jugar con la nieve. Era como volver a ser niña.

Perla y otros familiares me tenían mucha ropa de invierno lista, y una cuna de madera bastante bonita y cómoda para mi hija.

Mi hermana cuidaba a Juanita mientras yo salía a buscar trabajo, hasta que empecé como ayudante en un restaurante pelando una arroba de papa y otra de zanahoria y picando otra arroba de cebolla verde, la que me hacía llorar. Todas las mañanas era lo mismo: pelaba papas y zanahoria y lloraba la cebolla.

— Mírame las uñas — le decía a mi hermana en las tarde cuando llegaba cansada.

—¿Se da cuenta que aquí no se gana la plata tan fácil como le gente cree? Aquí hay que sudarla y los dólares no se recogen como las hojas en otoño. Y para trabajar como "modelos" en Las Vegas, todavía nos falta mucho.

Antes de acostarme, me lavaba las manos con un cepillito de dientes viejo y bastante limón. Así pasaron tres años en los cuales me propuse aprender inglés y después estudié para asistente de enfermería. Nunca pudimos mi hermana y yo conseguir tanto dinero como el que conseguían algunos señores y señoras que de la noche a la mañana se convertían en unas "gente de cuello tieso". Nosotras a pesar de tener buenos empleos no lográbamos ahorrar para comprar casa y carro; ahora yo trabajaba en un buen hospital y mi hermana era contratista de Coverall.

En Queens estaba la Roosevelt, siempre fue una avenida más que todo concurrida por inmigrantes de habla hispana, en su mayoría de Sur América. Desde los carros se escuchaban cumbias, merengues, baladas, boleros y mucha salsa puertorriqueña. Todo en español. Era maravilloso trabajar en los restaurantes porque daban muy buena propina y aparte de eso los patrones pagaban el salario mínimo en ese tiempo. Había muchas factorías en las que se podía encontrar empleo. Las señoras de *dedo parado* se detenian en la calle 74 y desde sus costosos carros blindados cazaban personal para limpieza y jardinería, bien pago también. Otras buscaban hombres jóvenes y guapos que les dieran un poco de placer a cambio de unos dólares. En la 74 era habitual encontrarse junto a los restaurantes y discotecas, las casas de masajes y prostíbulos baratos junto a los cuales se podía ver a toda hora a las "señoritas" siempre dispuestas esperando cliente, muchas de ellas de mayor edad, con abrigos cubriendo su desnudez, usando la táctica seductora para atraer clientes con letrero con el precio cerca de los senos y otro en la base del ombligo con un precio diferente, lo mismo en la parte baja de la espalda, un precio diferente, o simplemente la cifra redondeada para todos los servicios.

La vida nocturna de la Roosevelt era muy sabrosa. Vivía en la calle 82 y la avenida Gleane. Me acostaba con la convicción de descansar después de una dura jornada de trabajo, pero los viernes o sábados, a las once de la noche, las amigas me llamaban para que las acompañara a *Los años locos* o *Añoranzas* donde siempre se presentaba algún artista de moda, o una buena orquesta. Como no estaba arreglada y no quería tardar tanto, me levantaba, me ponía una peluca (porque quién tenía tiempo de ponerse los rulos), me hacía la raya de ratón en los ojos, un labial rojo, dos palmadas en la cara y... lista para la rumba. Saber que al fin de semana no había que ir al trabajo me daba más energía aún para disfrutar de la fiesta.

Al amanecer, al final del concierto y el baile como, se escuchaba la famosa canción de despedida, prendían las luces del local y empezaban a limpiar las mesas, así que todos afuera. Pero había un negocio que se llamaba *Juanchito,* para irse a rematar el baile, allí cerraban a las diez de la mañana. Llegábamos a seguir bailando y aunque mis tacones eran de diez centímetros de alto, no me cansaba. De allí, nos íbamos a desayunar a *Tierras Colombianas*, restaurante donde nos servían un rico calentado, con arepa y chocolate, y ahora sí, era hora de dormir hasta las cuatro de la tarde.

Poco necesité hablar inglés porque la clientela en los negocios de Queens no lo requería. Perla y yo nos deleitábamos saliendo los fines de semana a los restaurantes a saborear la comida de nuestra cultura. En una ocasión, al momento de pagar, nos dijo el mesero que alguien había saldado la cuenta y nos invitó a sentarnos con él en su mesa para compartir una copa de vino. Vimos a un hombre muy atractivo, vestido como un artista, con sombrero de medio lado, acompañado de otros dos amigos. Aceptamos la invitación, pero inmediatamente nos dimos cuenta de que podía ser peligroso entablar amistad con este hombre. Anillos de oro con esmeraldas, cadenas y gruesas pulseras y hasta una chispa de oro en cada uno de sus caninos eran signos evidentes de lo que el personaje encarnaba. Nos dio su tarjeta de negocios, en la que figuraba el número del beeper y el nombre en letras destacadas: El Paganini de Aguadas. Le preguntamos por su nombre real, y con una sonrisa maliciosa nos dio a entender que no era necesario saberlo por ahora.

El Paganini de Aguadas nos ofreció ser socias de sus negocios, propuesta que nunca aceptamos. Nos parecía bastante extraño tanto dinero por un trabajo tan sencillo como el de secretarias. Le dijimos que lo pensaríamos y le avisaríamos. El nombre verdadero sólo lo sabríamos tiempo después y debido a las circunstancias no ya tan agradables en las que se vio involucrado.

Nos acostumbramos a llamarlo igual que toda la gente que lo conoció. El apodo indicaba su origen: Aguadas, un pueblo pequeño pero muy conocido del Viejo Caldas en Colombia. Supe que tenía una relación bastante apasionada con una compañera del restaurante donde trabajaba. Vivian en un apartamento muy bonito en una zona residencial en Woodside. María Gracia dejó el trabajo de mesera y pareció que la vida le sonreía. A los dos años me la encontré en un almacén trabajando como aseadora. Me sorprendió porque sabía que vivía con aquel hombre muy bien, comiendo siempre en restaurantes, sin siquiera mandar a lavar la ropa porque la botaban en cuanto la usaban y compraban en las boutiques de moda, aparte de los lujos, los carros, las fiestas, y la plata que ella podía mandar a Colombia.

El Paganini era un humilde mecánico de autos donde conoció al dueño de varios restaurantes y tabernas en la avenida Roosevelt quien le pintó un negocio donde iba a ganar mucho dinero sin esforzarse tanto, pero donde tendría que arriesgar la libertad, la vida y la seguridad de la familia. Como era tan ambicioso y en sus ojos se iluminaba el símbolo de dólar, aceptó y pronto cambió de estatus social. El Paganini de Aguadas era un hombre muy elegante, tenía pinta de francés blanco, alto, ojiazul, cuerpo de gimnasio y una sonrisa que derretía a casi todas las mujeres. En pocos meses viajaba en carro blindado con dos guardaespaldas de esos malencarados. Se vestía siempre de blanco, usaba lentes oscuros de 400 dólares, beeper y otros aparatos raros.

El Paganini tenía mucho carisma, sobretodo entre el sexo femenino. Y jovencita que le gustara, la esperaba a la salida del trabajo o del estudio, se la llevaba para sus fiestas privadas y después con mucho dinero les compraba el silencio. Probablemente pasaron por su cama centenares de chicas así, cuando no era que aparecían ellas mismas ofreciéndosele: "Soy virgen, necesito pagar la renta y no tengo plata".

Un día cualquiera su jefe, se fue para la Florida huyendo y dejó a El Paganini encargado de sus negocios clandestinos. Un mes después apareció la noticia en los periódicos en primera plana: "Detenido y encarcelado importante empresario por lavado de dólares".

Fueron tres años de lujuria, lujos, bacanales, drogas, alcohol y muchas cosas más los que se vieron interrumpidos a partir del arresto en la Florida. Muchos de sus amigos, conocidos y parejas femeninas lamentaron el final de todo aquello. Y quienes temían por su seguridad descansaron.

Los negocios que El Paganini administraba fueron decomisados por el FBI. Y para completar, por aquellos días, El Paganini de Aguadas mató por accidente a una señora con su carro, lo cual le valió un arresto inmediato y al final a ser deportado en calidad de detenido a Colombia. Perdió así su residencia en los Estados Unidos y toda posibilidad de volver, al menos de forma legal.

En la cárcel en Colombia, conoció a Teresa, una buena mujer que iba a visitar a un hermano preso, aprovechándose de ella, El Paganini consiguió visitas conyugales y la embarazó. Al poco tiempo, pagó una fianza con el dinero que había conseguido en Nueva York. Libre y dueño del espacio otra vez, recuperó plata que tenía en diferentes bancos bajo distintos nombres, dinero que fue malgastando con mujeres, trago y parrandas. Como resultado de sus excesos se enfermó y el final sus ahorros acabaron pagando una carísima cirugía de corazón abierto.

Teresa que lo había esperado con su niña al salir de la cárcel, malviviendo en una modestísima habitación, no gozo nada de aquel dinero. Cuando El Paganini se vio arruinado y enfermo, volvió a acompañarla y hasta trabajó un tiempo como guarda en un parqueadero. Sólo respondió por su obligación familiar escasos dos años, para luego abandonarlas. Con ella eran ya cinco mujeres que habían parido cinco hijos con él y a las que nunca volvía a ver.

La familia le había dado la espalda por mentiroso y usurero. Sus padres murieron y de la casa medio destruida que era herencia de los hermanos, como eran doce, les tocó una pequeña parte que no les alcanzaba ni para comprar una motocicleta. Vendieron y se fueron del pueblo por vergüenza de los comentarios sobre El Paganini.

Aunque había pasado algún tiempo del El Paganini haber dejado Queens, siempre se escuchaba hablar de él. Pero con seguridad pensaba que no volvería a ver más a este personaje.

En uno de mis viajes de vacaciones a Colombia pude volver a aquellos campos que tanto amé en mi niñez y adolescencia, volví a escuchar la música de los bares, los campanazos de la iglesia y el ruido de la plaza de mercado. Salí a recorrer aquellos lugares que acostumbraba visitar. Organizamos un paseo al río, nos llevamos una hamaca, la gallina con todos los ingredientes para hacer el almuerzo y también llevamos las cañas para pescar. Cuando regresamos en la tarde, le pregunté a mi mamá por las amistades y familia que no había visto hacía tiempo.

Quise visitar a mi amiga Consuelo que había estudiado conmigo en mi pueblo. Me contó mi mamá que vivia en unas condiciones muy precarias y con muchas necesidades económicas. Conseguí la dirección casi por señas, y era un sitio donde la puerta estaba amarrada con un alambre. Consuelo estaba viviendo en aquel edificio abandonado en el piso cinco allá en Aguadas. Era un lugar en ruinas, algo siniestro, propiedad en otro tiempo de unos hermanos cuya riqueza, obtenida por medios fraudulentos, les había valido la extradición a los Estados Unidos. En aquel sitio vivía mi amiga con su pareja, inicialmente desconocida para mi.

Al entrar en aquel edificio sentimos mi madre y yo el aire pesado. Se veían destrozos por todas partes, paredes con agujeros, como si alguien hubiera estado buscando algo escondido en ellas. No había elevador y al parecer nadie más habitaba allí. Sólo mi amiga que bajó a recibirnos era al parecer la única residente allí, y un perro pastor alemán, algo flaco que la acompañaba. Subimos hasta el piso que ella ocupaba, con el fin de conversar y conocer a su esposo que nos esperaba sabiendo que éramos sólo viejas amigas de Consuelo. Mientras subíamos por las polvorientas escaleras, mirábamos la huella de los daños que los gamines y las ratas habían hecho. Cada piso era un desolado cuadro de baldosas quebradas, vidrios rotos, suciedad y tristeza. Cuando llegamos, nos quedamos casi mudas ante la extrema pobreza en que vivía nuestra amiga en aquel lugar. Fue entonces cuando salió a saludarnos nadie menos que el mismísimo…

¡Paganini en persona!

La sorpresa fue de parte y parte, porque en cuanto me reconoció, el hombre se quedó también mudo y sin saber qué actitud tomar. Mi mamá pareció comprender la impresión tan profunda que me había causado la presencia de ese hombre. Y hasta la propia Consuelo, sin sospechar nada, sintió que algo raro pasaba. En segundos recobré la claridad mental y decidí fingir que no lo conocía. Hice un esfuerzo para continuar hablando con mi amiga como si nada pasara. Mamá también trató de mantener la calma mientras El Paganini disimuló, jugaba con su perro y lo llevó hacia un patio que se veía al lado de la cocina, tapado con tablas viejas y plásticos muy sucios. Como no tenían energía, cocinaban en un fogoncito de petróleo y ella puso a hervir agua en una ollita para hacernos café. Se notaba además que los muebles habían sido recogidos de la basura o regalados por alguien que ya los había usado hasta el extremo. El corazón me avisaba que no era bueno permanecer mucho tiempo allí. El Paganini no hacía más que mirarme de reojo mientras seguía jugando con su perro. Un trueno a lo lejos nos alertó. Era el pretexto perfecto para abreviar la visita, aunque nos dio pena no esperar unos minutos más para tomar el cafecito hecho por Consuelo con tanto gusto y dificultad.

Al rato, estábamos saliendo de aquel edificio literalmente "muertas del susto". Era increíble las vueltas que daba la vida. Fue el propio Paganini quien nos acompañó hasta abajo, diciéndole a Consuelo que era para evitarle volver a subir escalas. Ella no pudo comprender tanta amabilidad, pero yo sí sabía lo que quizá estaba tramando. Afortunadamente la presencia de mamá le cohibió para hablarme abiertamente, y recordarme tal vez, nuestra amistad en Nueva York. El trueno volvió a sacudir el aire de aquella tarde y despidiéndonos rápidamente salimos a tomar un taxi antes de que el aguacero se descuajara sobre nosotras.

Cuando volví a Nueva York le conté a Perla lo sucedido, y casi no me cree. Era extraño saber que un hombre que vivió en la abundancia fuera prácticamente un habitante de la calle o un "desechable" más, como les decían en aquellos finales de los 90 a quienes andaban por ahí en la miseria.

Aquella noche del aguacero casi no concilio el sueño. De la "pinta" de galán que tenía El Paganini de Aguadas, sólo quedaban vestigios muy vagos, había enflaquecido, el azul de sus ojos se había hecho gris opaco, y de su rostro había desaparecido todo atractivo. La antigua picardía del hombre lleno de poder en otro tiempo no era más que una mueca sórdida ahora, que inspiraba todavía más miedo, porque detrás de aquella fingida humildad se escondía todavía la maldad simple y pura.

No sé bien que fin tuvo el hombre. Aunque alguien le escribió después a mi hermana para contarle que andaba bastante enfermo, y que Consuelo había terminado huyendo de él. Es posible que mi hermana en algún momento haya buscado ayudarle, mandándole dinero. Creo que lo hizo. Pero por mi parte todavía me da un poco de temor recordar aquel momento, esa mirada de reojo, gris y malévola que alcancé a percibir mientras Consuelo nos servía el café.

Hoy recorro con alguna nostalgia, de vez en cuando, esta vieja avenida Roosevelt, bajo el mismo traqueteo de hierros desvencijados del tren 7, entre negocios que ahora han venido a menos después de la bonanza de los ochenta. Todavía quedan algunos rincones, algunas cafeterías y restaurantes de entonces donde voy de tarde en tarde para recordar aquellos días de ilusión y lucha por sobrevivir. Veo desfilar otras caras, otros personajes tal vez semejantes a los que conocí, con otras historias ocultas seguramente detrás de ojos que buscan afanados, la mejor manera de realizar un sueño, atrapar el momento, la oportunidad, la ilusión de vivir. Para mí todo aquello tiene todavía su encanto, pero atrás quedan también la memoria de quienes ya no están, de aquellos que como mi primer marido, Fernando, terminaron sus días en esta Nueva York demasiado pronto, devorados por la soledad, por la tristeza y la enfermedad.

Ahora mis días son más tranquilos. La memoria de tantos sigue viva en cada página que trato de escribir evocando a los míos y a tantas personas que he conocido y aún continúo conociendo en mi trabajo.

Las imágenes de pobreza e inocencia de aquella época de mi niñez y adolescencia nunca se olvidarán, como tampoco las historias y los secretos de familia que todavía siguen merodeando por los alrededores de mi corazón. Me siento afortunada de haber sido testigo, de haber estado cerca de todo esto. Y me queda sobre todo una lección: no se puede juzgar a nadie por sus acciones, sin saber las razones que le han llevado a realizarlas para su bien o para su mal. Es fácil condenar desde lo moral, pero más justo comprender desde lo humano, lo simplemente humano. La vida tiene todos los rostros posibles.

Retratar a Macondo

Adriana Carrillo

Hoy, el pueblo de mi familia, el de las casas de madera, los juegos de feria en la plaza, las novenas de diciembre y la verdolaga en las puertas de las casas se ha ido...

Hoy, soy turista en el pueblo donde nació gran parte de mi familia. Mi prima Nazly arregló un tour a la casa museo del premio Nobel, Gabriel García Márquez; renovada después de años de polvo y oscuridad. Cerca del mediodía, cuando Aracataca –donde también nació el padre del realismo mágico— compite por el premio a las temperaturas más altas del mundo, un hombre viejo, pero que luce enérgico fue a recogernos en una bici-taxi. El techo largo de la bicicleta era suficiente para cubrir a Nemesio, nuestro chofer, quien no paraba de sonreír.

La primera vez que fui al pueblo, fue a visitar a una de las hermanas mayores de mi mamá, tía Rebeca, y a mi tío David, hijo del primer matrimonio de mi abuela. La casa estaba hecha de paredes de tabla y un piso de concreto pintado de rojo. Tenía un patio grande, donde dormían los perros, las gallinas y unas cuantas tortugas. Tenía diez en ese entonces, y era la menor de sus sobrinas, así que terminé cayendo en el montón de su grupo de nietos, que tenían casi mi misma edad, llamándola abuela. Esa noche, me sirvieron el mejor caldo de pollo como cena, que yo hubiese probado jamás. En la cama, la oscuridad del cuarto lucía distinta detrás del toldo que rodeaba la cama, y que mi abuelo había asegurado bien a la cama para protegernos de los mosquitos. Si tuviera que definirla, la llamaría la mejor luz para la imaginación.

He vuelto a ver a mi "abue" otra vez. Desde que me empecé a mudar de una ciudad a otra no había vuelto en los veranos o en año nuevo, como solía hacerlo, cuando no me perdía ni uno, y ya era tiempo de pagarle una visita. Todo el mundo en el pueblo conocía a 'Rebe', porque la mayoría de la gente llevaba años viniendo bien temprano a nuestra casa a comprar la leche que ella vendía y que todavía compra del lechero. Estaba acostumbrada a presentarme como "la nieta de Rebe" y todos ya sabían dónde era que yo vivía. Fui en busca del pasado, de su magia, y del tierno abrazo de mi abue; del pueblo que me hizo lo suficientemente valiente para caminar las calles descalza y nadar contra la corriente. Los años habían marcado algo de distancia y también se me había olvidado el impacto que causa un extranjero o alguien que haya vivido fuera del país en un pequeño pueblo como este. "¿La está visitando la familia?" algún muchacho le pregunta a mi prima Nazly. "Es mi prima, la periodista, que vive en Nueva York y va a escribir una historia sobre Aracataca para el *New York Times*." Me reí tímidamente de su mentirilla, y con algo de nostalgia por aquella alegría de ser solo "la nieta de Rebe".

La Casa Museo de García Márquez está cerrada. La están preparando, porque en un par de días se celebrará la inauguración del HAY Festival de literatura, pero eso no nos impidió pedirle a Nemo, como decidí apodar a Nemesio, que nos llevara en un tour por el pueblo. Pensé que iba a ser buena idea tener imágenes vivas de hasta ese momento permanecían sólo en mi memoria. "¿Has visto la Casa del Alcalde alguna vez? Pregunta Nazly. Curiosamente, nunca había estado ni allí, ni en la "Casa del Telegrafista" famosa por tener, no solo la línea de tiempo de la vida de García Márquez, pero también algunos fragmentos de otros escritores famosos de la Costa Caribe como Álvaro Cepeda Samudio, cuyas breves obras son clásicos para mí. A Nemo se le veía contento de quedarse a acompañarnos en toda la travesía. El día estaba lento, pero él sigue proponiendo más lugares, con todo el entusiasmo del caso, y pedaleando a donde quisiéramos ir. Por el camino, pasamos por una escultura de un libro abierto en honor a García Márquez, en donde se leía alguna frase que él hubiese dicho alguna vez: "La ilógica de la vida no tiene fin. Dicen que he inventado el realismo mágico, pero sólo soy el notario de la realidad. Incluso, hay cosas reales que tengo que desechar, porque sé que no se pueden creer".

En la vía, una mujer está echando a una vaca para proteger su grama; los niños nadan en la acequia, mientras sus madres lavan la ropa en la orilla. Tres niños posan para mi cámara y sonríen. Después, pasamos por la plaza y recuerdo las múltiples veces en las que mis primos y yo nos íbamos de la casa encima de los gritos de mi abue desde la cocina "¡Oye! ¿Para dónde van?"— "¡A la plaza!", respondíamos con otro grito. La actividad en la plaza iba desde juegos de feria a todo tipo de vendedores. Reuníamos monedas para jugar a "tira la moneda y gana una foto con un pensamiento enmarcado", pero si la moneda caía en el borde, el dueño del juego se quedaba con la moneda. Las imágenes eran por lo general, perritos, flores con una frase cursi de la que nos enamorábamos, pero que nunca nos ganábamos. Nuestro favorito, sin duda, era el puesto de los premios sorpresa; siempre aretes, anillos o collares de fantasía que usábamos todas las vacaciones hasta que se nos perdían en el río, antes de llegar a la ciudad. Nuestras caminatas en el pueblo no tenían límites. Desde las pequeñas caminatas a la panadería a comprar pan con salchicha para el desayuno, hasta las serias misiones en la que mi abuela nos mandaba a conseguir verdolaga para las tortugas, que arrancábamos de las puertas de las casas de otra gente:

todo era una aventura.

Teníamos amigos de todas las edades. La señora Zoila, a quien creíamos la persona más vieja de todo el pueblo, vivía al atravesar la calle y nos dejaba entrar en su casa para mostrarnos su jardín de rosas. Algunas veces, nos regalaba una para llevar a la casa. Desde este punto de la vida, pareciera que aquella curiosidad infantil era lo más emocionante de los sucesos de su vida tranquila en aquella casa enorme. A dos cuadras vivían mi primo Edmundo y Ena, su esposa, y además de tener el privilegio de siempre recibir una de las paletas que tenían para la venta, tenían unos parlantes gigantes que usábamos para karaoke. Solíamos vaciar toda la sala para cantar canciones de Selena, presentando semejante show que, eventualmente ganó público. Siempre había algo que ir a buscar por ahí. Jugábamos en donde sea que viéramos un grupo de niños reunidos o íbamos a jugar en la vieja chiva que mi tío David tenía parqueada en el patio, debajo de un árbol de limón mandarino, de la que salía la mejor limonada para el almuerzo. Al medio día, la sala de la casa de mi abue se convertía en un restaurante y ella cocinaba para un grupo asiduo de gentes de distintas ocupaciones, que entrevistábamos cada día mientras comían. Me acuerdo de Osvaldo y su bigote que tocaba la sopa en la cuchara. Teníamos la facilidad de creer que allí todo era posible. Desde cocinar en las checas de las botellas, hasta atrapar a papa Noel con el toldo de la cama. Caminando por las calles nos encontrábamos a menudo a Rolando, el hermano de mi abuelo, quien se la pasaba fuera todo el día predicando y escribiendo pasajes de la biblia en las paredes de las calles.

En las tardes, cuando el color de la luz del sol se volvía anaranjado y la brisa, idílica, mi abue trapeaba el piso rojo y yo subía los pies sentada en la ventana de madera; la misma donde muchas veces alrededor de las 4pm y las 6pm me sentaba a esperar por un silbido. Un hombre caminaba con una bolsa de tela blanca en el hombro y paraba en frente de nosotras. Mi abue sacaba algunas monedas del bolsillo de su delantal y compraba una hojuela azucarada gigante. Una para cada uno, para así hacernos felices a todos.

Las calles del pueblo guardarán siempre las historias de las más profundas tristezas y pérdidas de mi familia. Perdimos a mi abuelo una noche tarde en la que él trataba de volver a casa con unos tragos encima, después de encontrarse con un viejo amigo. Recostó la cabeza en la línea del tren y se quedó dormido. Mi mamá tenía tres o cuatro años. Más lejos en la montaña perdimos a Sammy, el hijo menor de mi abue, quien fue capturado por la guerrilla y asesinado para poder quedarse con el pedazo de tierra que él cuidaba, un terreno hermoso que mi familia tenía en toda la cima. Nadie lo vio de nuevo o sus restos, pero como un soldado caído en una guerra inexplicable, una foto de un Sammy joven está todavía en la sala de la casa de mi abue, y el dolor, intacto en sus ojos.

A medida que Nemo avanza, observo cada calle como si fuera la primera vez. Lo que significa para mí está ahí, pero distante y otras historias se han mudado en ellas. Temprano en la mañana, mi abue todavía se para en la puerta a vender leche, que compra del mismo lechero, a pesar de que ella sólo toma la deslactosada del empaque tetra-pack. Su casa está hecha ahora de concreto y los pisos de baldosas, como muchas otras en la zona. No le quedan gallinas y tiene aire acondicionado en el cuarto. Pienso en aquella cita de Heráclito, "nadie se baña dos veces en el mismo río…"

Al regresar del paseo con Nemo y Nazly veo a mi abue a mi mamá sentadas en la puerta. Tienen los mismos ojos. Les conté que el museo estaba cerrado y me senté con ellas para contarles de nuestro desvío y mostrarles algunas fotos; todavía dudosa de si había encontrado lo que había venido a buscar.

Mis primos estaban listos para ir a nadar. Me apuro para ir con ellos. Me cambio y dejo todo. No cargo nada, porque no habrá nadie quien lo cuide, y de paso todos mis miedos. Prefiero caminar descalza. Mientras caminamos, mi primo de doce me pregunta –"Cómo es allá, Adri (en Nueva York)?"— aunque me daban más ganas de contarle cómo era aquí cuando yo tenía su edad, pero lo dejo pasar. –"Grande y llena de gente"—, me decido a contestarle.

Aprendí hace tiempo, que Macondo era un lugar ficticio, creado por Gabriel García Márquez en Cien Años de Soledad, geográficamente ubicado al lado de Aracataca, Magdalena. Hoy, el pueblo de mi familia, el de las casas de madera, los juegos de feria en la plaza, las novenas de diciembre y la verdolaga en las puertas de las casas se ha ido, y mis historias verdaderas, tan dolorosas como fantásticas, se ven más claras y más reales en la ficción.

Hoy, aquel pueblo de mi familia se ha convertido en Macondo, yo creo. No soy la misma, ni el pueblo tampoco, pero estas historias reales nunca dejarán de tener algo de mágicas.

Vestido de hombre

Jacqueline Donado

Ahora empieza mi carrera contra la muerte. ¿Dónde están mis vestidos? el de lentejuelas con volantes de satín en tonos plateados.

"Cuando mi padre murió no le hicimos ceremonia alguna, incineraron su cuerpo y luego nos entregaron las cenizas. Mi hermana Eddy preparó todo para que viajáramos a Medellín a llevar las restos, pero justo antes del viaje fui hospitalizado en el pabellón psiquiátrico del Elmhurst Hospital por una crisis nerviosa. Días muy amargos", dice Oswaldo Gómez.

Oswaldo, más conocido como La Paisa y auto proclamado Miss Colombia, la Mama de Santa Claus y de los Tres Reyes Magos, también se identifica como Lady Gaga y Madonna juntas.

Pero tal vez la estampa más conocida en el mundo urbano de Nueva York es el hombre de piel blanca, alto, de ojos claros, medio calvo y larga barba teñida con esencias naturales y colorantes de alimentos. Siempre va vestido de mujer con polleras y bufandas coloridas, sombreros, carteras llamativas, medias desiguales y gigantescas tetas plásticas formadas de condones inflados. Como si fuera poco, por muchos años Oswaldo se transporta en bicicleta acompañado por su perrito Cariño, sentado en la canasta de la bici y un ave de color gris, a la que nunca se le ocurrió bautizar y que permanece inmovil en su cabeza.

Al morir su padre Oswaldo decidió conservar, como recuerdo, la dentadura postiza de su progenitor, la depositó en la cornisa de la ventana, anexa a la escalera de incendios, allí permaneció varios días de verano bajo el inclemente sol. Sabía que la usaría para uno de sus *performance,* pensó en guardarla en una gaveta o en un cofre especial hasta que encontrara el momento adecuado para su show callejero.

Una noche de lluvia de verano de 2014 Oswaldo se fue caminando desde su casa, a la altura de la calle 85, hasta la *Caja Musical,* un bar muy tradicional gay en el área de la Roosevelt Avenue, al lado de la estación de trenes de la calle 74 en Queens. En su cartera repleta de cintas de colores, pelucas y sombreros guardaba celosamente la caja de dientes. En el trayecto Oswaldo repetia mil veces las dificultades con el casero. El contrato de arrendamiento del apartamento que compartió con su padre por más de 30 años, aparecía bajo el nombre del difunto. Tenía un pie en la calle. El show nunca se presentó por el temor a perder su vivienda, enfermo y desorientado Oswaldo terminó interno en el pabellon siquiatrico del hospital del que tantas veces huyo. Llegó al Elmhurst en ambulancia, remitido por el cuerpo de emergencia de la Policía de Nueva York.

Luego de seis semanas en el pabellón psiquiátrico del Elmhurst hospital, Oswaldo salió a la calle como un hombre nuevo. Vestía de pantalón oscuro, chaqueta *beige* con botones dorados, camisa blanca impecablemente planchada y corbata rosada. Atrás quedaban los vestidos de encajes de colores fosforescentes, flores plásticas que le servían de sombrero y medias con figuras geométricas de colores. El paciente del piso nueve, más conocido como La Paisa, que en su confinamiento había convertido las sábanas de las camas de hospital en túnicas y se había estampado una cruz con tinta roja en la frente, se quería despedir de su trabajadora social y de las enfermeras como todo un caballero.

- Estoy vestido de abogado… después seré La-dy Gaga – dijo Oswaldo al despedirse de las enfermeras y personal hospitalario.

Desde que se enteró de que iba a salir, Oswaldo pensó en su madre. Caritativa y bondadosa, que siempre regaló flores a las enfermeras de sus médicos y cuidó de la Capilla de la Virgen, en la iglesia de su barrio en Medellín, ciudad en donde nació y parió a sus cinco hijos.

Oswaldo no quería salir del hospital sin antes agradecer a las enfermeras y al resto del personal todas las atenciones que habían tenido con él. Aun en los momentos más difíciles de su hospitalización, en las horas de la noche cuando desesperado corría por los pasillos del pabellón psiquiátrico en busca de un halo de libertad, se enfrentó a una barrera de hombres y mujeres cariñosos, que le hablaban con gran ternura, convenciéndolo rápidamente de que regresara a su cama, y se acostara para esperar el amanecer, el sol llegaría con su brillo de esperanza para salir del encierro.

- Tráigame dos ramos de flores, los más hermosos que vendan en la bodega del coreano, la de mi amigo Kim. Uno es para María la trabajadora social y el otro, para la mesa del comedor donde se sientan todas las enfermeras - dijo Oswaldo a su hermana Eddy.

Eddy, que había sido profesora toda su vida, escuchaba los encargos de su hermano y al mismo tiempo le hablaba en un tono muy bajito, y le decía que se preparan para la salida del día siguiente. "Oswaldo, no cometas más locuras, quédate tranquilo, mira que la trabajadora social me dijo que te vas mañana. ¿Y sabes a dónde iremos?" Sin esperar respuesta alguna, la mujer seguía hablando: "de aquí saldremos directamente a la cita con tres de tus siete médicos. Ya las programé."

"Ven pronto, tempranito por la mañana que quiero salir rápido de este encierro…. No se te olviden las flores… Ay, qué alegría salir de aquí, salir de aquí, que pesar con quienes se quedan encerrados en este pabellón…"

"Sí, Oswaldo, mucha calma que cualquier cosita te puede perjudicar. Una vez salgamos de aquí iremos a visitar a los médicos." En efecto horas más tarde Oswaldo iba a entrar a los consultorios de varios de sus médicos cuyas oficinas funcionan en la avenida Roosevelt, el área que le ha servido a La Paisa de escenario para sus danzas y *performances* callejeros

Muy temprano en la mañana, en un lluvioso día de verano, Eddy salió a buscar las flores más bonitas que podía encontrar. Entró en la tienda de los coreanos de la avenida Broadway, cerca de su vivienda, y con paso ágil caminó por los estrechos corredores del almacén. Sin pensarlo mucho, tomó dos ramos de flores, una bolsa de dulces y otra de galletas y pagó la cuenta sin esperar por el recibo.

Sucedió todo lo que tenía que suceder cuando le dan de alta a un paciente. Oswaldo caminó erguido, sonriente, saludando como una reina que tira besos a su corte de seguidores y, al pasar las puertas de seguridad del pabellón psiquiátrico, ocurrió lo inesperado: una fila de enfermeros, barrenderos, cocineros y trabajadores del hospital lo despedían con una calle de honor. Al fondo se escuchaban los aplausos de algunos pacientes que caminaron hasta donde les era permitido y, se recostaron contra la puerta gris, fría de hierro sólido, la que separa el mundo de los gritos desgarradores del delirio del otro mundo.

"Como me gustaría que lo vieran así mi mamá y mi papá", dijo Eddy al conductor que los esperaba en medio de la lluvia y las ambulancias aparcadas en la puerta principal del hospital.

"-¡Vamos, tenemos que apurarnos, vamos a la casa me quiero cambiar de ropa, se acabó el papel de abogado, de hombre serio!", gritaba Oswaldo al conductor y a su hermana que, lloraba inconsolablemente.

Ahora empieza mi carrera contra la muerte. ¿Dónde están mis vestidos? el de lentejuelas con volantes de satín en tonos plateados.-, Ese es el que quiero vestir esta tarde para la consulta con mi oncólogo.

Déjate de maricadas, yo boté todos los disfraces, pelucas y carteras…. Ahora comienza una nueva vida.

* * *

Conocí a Oswaldo una tarde de verano a finales de la década de los 80. Estaba sentado en la acera de la avenida Roosevelt y la calle 80 cargaba a su perro Cariño. Recuerdo verlo vestido de mujer con sombrero y cartera multicolor. Lo salude y le dije que me encantaría entrevistarlo. Se negó. "No doy entrevistas, a nadie". Para mi alma de reportera se despertó el desafío que sólo se cristalizo en el 2006. Desde entonces hemos grabado cientos de horas de conversaciones, vídeos, sesiones fotográficas, caminatas por el vecindario que algún día le aclamó a su paso. Recorriendo con Oswaldo las calles de Nueva York aprendí a analizar la transformación camaleónica del personaje, que a pesar de sus quebrantos físicos no se acobarda ante la sonrisa burlona de la gente. El rechazo de su propia comunidad tampoco lo acompleja, pero le incomoda, por ello aprendió a pedir permiso con anticipación cada vez que en su vecindario se celebran actos públicos. "Voy invitado, soy un complemento a la fiesta de los colombianos, dominicanos, ecuatorianos, o cualquier otra comunidad.... me siento y espero.... no quiero pasar por malos momentos".

En una ocasión viaje con Oswaldo y Cariño al Carnaval de Barranquilla, se nos unió desde Lima, el fotógrafo peruano Pedro Cardenas Muñoz, fue un gran ejercicio de trasladar a nuestro personaje de su medio ambiente y sumergirlo en un lugar bullicioso, alegre, caluroso y donde todos vestían extravagantemente, disfrazados con atuendos tradicionales o "pintas estrambóticas urbanas", parecidos al atuendo de Oswaldo en Nueva York. Hombres vestidos de mujer, con pelucas multicolores, sandalias brillantes de tacon alto, flores y muchas cintas coloridas le salían al paso a Oswaldo.

La Paisa bailó y cantó bajo el ardiente sol del Caribe colombiano, se mezcló con miles de personas danzando desenfrenadamente al son de los tambores y la flauta de millo, era otro ser más, desinhibido y alegre. Compartió no por interés mezquino, sino por la sabiduría de disfrutar cada día de su vida como sí fuera el último de su existencia.

Memoria en Espiral

Mariel Escalante

Vivir en una democracia es un privilegio, le dije, a la vez que en mi memoria se agolpaban los recuerdos de mi época como universitaria.

Hacía un día precioso, muy soleado, pero muy gélido en la gran urbe de hierro. Había empezado el sábado con un rico desayuno en compañía de un chico muy agradable, quien a sus escasos 5 años de edad sostenía conversaciones muy dinámicas sobre temas diversos. Tenía planeado hacer una devolución de compra en una boutique y luego debíamos ir a la gran terminal central de trenes de Manhattan en donde se encuentra la exclusiva tienda del museo de tránsito y en donde le compraría a mi joven acompañante un tren de juguete para su colección. Por segunda vez en el día, abordamos el subter y nos dirigimos a la terminal. Sin contratiempos, llegamos al gran salón de la estación y buscamos la tienda, preguntando en dos o tres locales la ubicación exacta de la misma; deteniéndonos a admirar los enormes ventanales y las hermosas imágenes estelares en el techo de la descomunal sala, tomando fotos aquí y allá. Sin darnos cuenta, habíamos dado dos recorridos completos a la terminal sin suerte alguna. Finalmente, un policía en turno nos informó que la famosa tienda estaba cerrada por remodelación. A mi fiel compañero no le hizo mucha gracia enterarse pero tampoco le arruinó el paseo que tanto disfrutaba. Apenas teníamos el tiempo exacto para nuestra siguiente escala del día. Por tercera vez abordamos el subter, esta vez en dirección norte, hacia el museo de los niños, en donde nos encontraríamos con unos amigos. Arribamos muy puntualmente a nuestra cita y pasamos una tarde increíble. Empezamos la visita con el caballo de Troya y el Cíclope de la exposición de Grecia en la planta baja, donde construimos y demolimos los bloques y cilindros del Partenón unas cuantas veces. Continuamos en el tercer piso abordando y explorando el camión de bomberos. Se jugó a las compras en el supermercado, después con los bloques de madera, y por último se hicieron castillos y otras figuras en el área con recipientes de arena. Nos despedimos de nuestros amigos y nos fuimos a tomar un bocadillo a un establecimiento cercano, no sin antes adquirir el muy anhelado tren de colección en la tienda del museo. Una vez en el restaurante, al acercarme a la fila para ordenar los bocadillos, el hombre que estaba delante de mí, volteó para preguntar algo a las chicas que iban con él; lo había visto antes pero no pude precisar dónde. Mientras saboreábamos nuestro delicioso tentempié, noté que había caído la tarde y el sol había terminado su turno del día y por lo tanto, la temperatura había descendido varios grados como de costumbre en una tarde invernal de enero. A través de la ventana, vimos pasar a un hombre joven, de entre 20 y 25 años de edad a lo mucho, caminando muy campantemente, desnudo de la cintura para arriba, a excepción del gorro en la cabeza, luciendo sus delineados músculos pectorales y abdominales; abajo solo vestía un pantalón bastante corto que apenas cubría lo esencial y calzaba unos botines muy bien boleados, shrrr, me dio frío solo de verlo. El hombre que me parecía conocido en la fila, se había sentado enfrente de nosotros y pude finalmente reconocerlo. Era el reportero del noticiero del canal 1 de la ciudad. Un hombre rubio, alto y muy bien parecido, cuyo nombre no me vino a la cabeza y por lo cual, ni me atreví a saludar, pues ya en una ocasión había hecho el oso, confundiendo al reverendo Al Sharpton con el Sr. Jessi Jackson, en un encuentro casual por la calle un par de años atrás, una barbaridad. Salimos del lugar y un par de cuadras más adelante entramos a la zapatería que nos quedaba pendiente en nuestro itinerario. En la zapatería, adquirimos calzado para mi pequeño acompañante, a quien le obsequiaron un lindo globo azul que ataron a su muñeca derecha. Salimos con muy buenos ánimos a pesar más frío y a tomar el autobús que nos llevaría a la parte oriente de la ciudad a nuestra última actividad del día. La noche había hecho acto de presencia y se perfilaba como una noche bastante helada con ayuda del viento, que se dejaba sentir muy suavemente.

Una de mis mejores amigas había celebrado medio siglo de vida y la vería muy pronto para felicitarla. Después de pensar durante varios días qué regalarle, finalmente, al mirar un anuncio de la celebración del quincuagésimo aniversario de uno de los edificios de única construcción en la gran manzana, salí del apuro. Le regalaría algo conmemorativo del museo que cumplía las mismas 5 décadas de vida. ¡Me pareció una idea genial! Así que nuestra última escala del día, sería la tienda de dicho museo. Al llegar, me percaté que era el día de «pague lo que guste» y que la fila era tan corta que resultaba irresistible no formarse, y según yo, reafirmar lo ya aprendido sobre Kandinsky y Anish Kapoor en mi visita anterior con mi familia escasas semanas atrás. No estaba por demás, me dije. Ian accedió encantado a entrar nuevamente, pues recordó lo bien que la había pasado y lo que había visto. Durante la fila, llamó la atención el globo azul que traía en la mano. Nos hicieron el honor de entrar primero al museo, no sin antes pedirnos que también debíamos checar el globo en el guardarropa. Tan pronto entramos, noté que el nombre de Kandinsky no estaba más en el muro de la primera rampa y que había muy pocos visitantes en una noche casi gratuita pero con un frío bastante nórdico. Ian traía su propio plan y había emprendido su camino hacia lo que le interesaba ver tan pronto se vio liberado de las tres capas de ropa que le había hecho vestir y del globo. Los empleados del guardarropa sonrieron complacidos de poder guardar el globo. Al ir tras Ian, llamó mi atención la joven pareja de enamorados que se encontraba de pie justo en el centro de la amplia y, a excepción de ellos, vacía rotonda en la planta baja. Estaban entregados en un

beso bastante apasionado. Abrazados muy estrecha-
mente, como si estuvieran solos. Ambos vestían jeans,
entallados a sus estilizados cuerpos, y blusa y camisa,
igual de ceñidos. Estarán celebrando algo especial, recién se habrán casado y andan de luna de miel, pensé,
o son estos turistas a los que se les prendió la llama de
repente y quisieron conmemorar el momento en plena
rotonda del famoso lugar, o como es común en la ciudad que nunca duerme, estarán filmando alguna escena, razón por la cual miré ávidamente a su alrededor
buscando cámaras y micrófonos, pero parecía como si
la única presenciando a los enamorados clavados en su
profundo, lánguido y antojable beso era yo. Me causó
perturbación. No el hecho del momento candente que
vivía la pareja, sino el mero hecho de mirar a mi alrededor y ver los muros vacíos de la mayor parte visible desde abajo del museo, de ver los pasillos también
vacíos debido a la escasa concurrencia de la noche, de
observar que, las 5-6 personas sentadas en la fuente
frente a la pareja en acción, NO los miraban, estaban
entretenidos en lo suyo, o mejor dicho, parecían no
percatarse del agasaje que se estaban dando los enamorados quienes parecían invisibles para todos los demás
excepto para mis ojos o igual no los veían más para no
antojarse. Fue un instante de mezcla de sensaciones
arrollador. De pronto me pareció vivir un espejismo,
tipo oasis en el desierto. Casi instantáneamente, inicié

el ascenso por la rampa, más que nada por tratar de alcanzar a Ian, quien muy seguro de sí mismo se había internado en el museo pendiente arriba. A la vuelta de la primera rampa, un chico de más o menos 9-10 años de edad, me salió al paso. Me incliné para poder escuchar lo que decía sin mucho éxito, pues hablaba muy quedito y me resultó difícil oírlo. Traté de responder a su saludo de mano, pero tenía la cámara, mi teléfono y un pañuelo en ella y solo alcanzamos a rozarnos los dedos, además que Ian se me había perdido de vista y con la ansiedad de alcanzarlo, tuve que disculparme de prisa sin averiguar qué quería aquel chico que muy amablemente me había abordado. Esperé que no estuviera perdido y que en todo caso se dirigiera al personal del museo. Finalmente me reuní con Ian en la sala en donde se exhibía el «dirigible», como él lo había llamado. Una enorme estructura de acero incrustada en el muro de la pequeña sala, una pieza de arte llamada Memory (Memoria) del artista Anish Kapoor. Impresionante desde cualquier ángulo. En mi primera visita, me pregunté cómo habían metido tremendo armatoste en tan pequeño espacio. -Por partes, me contesté a mí misma. Ian me hizo seguirlo al otro lado del muro, desde donde podía apreciarse la otra mitad de la obra maestra de Kapoor, la parte interior del «dirigible», un enorme espacio hueco y oscuro. Después de admirarlo por segunda ocasión, Ian se encaminó hacia las chicas que proveían las guías por auricular y les solicitó uno. Fue entonces que pregunté qué exposición había o si había una, pues veía todo vacío. Se trataba de la obra de Tino Sehgal y abarcaba los dos primeros niveles, explicó la joven. Pregunté entonces si la muestra iniciaba con la pareja que estaba en la rotonda y fue entonces que hizo sentido en mi mente tremenda intimidad. No que supiera quién era Tino Sehgal, pero a sabiendas que era la nueva muestra, me ubicaba mejor, e intrigada por saber de que trataba, y con cierta certeza de que no era la típica exposición de grandes e importantes pinturas colgadas, me dirigí hacia la entrada para empezar el recorrido como debía. Desde arriba busqué a la pareja, parte de la exposición. Tal fue mi asombro al ver que ya se encontraban en el piso, uno encima de otro, tocándose mutuamente ambos cuerpos con sus manos sin apartarse ni un segundo de sus labios. Era una escena muy sensual, llena de intimidad, y que a pesar de lo candente, tenía un aire bastante artístico, nada grotesco, por lo menos a mi humilde visión. Emprendimos el descenso.

Ian estaba clavado escuchando los auriculares y tan absorto a su alrededor que no se enteró de nada. De cuando en cuando, dejaba escapar datos que escuchaba en los auriculares sobre Kandinsky, a juzgar por lo que decía.

Sin planearlo y sin saber qué esperar, me encontraba pues, ante una visita bastante peculiar en uno de mis sitios preferidos de la urbe de hierro. Había acordado reunirme con mi hermana en la tienda del museo para adquirir el regalo para mi amiga y después ir a cenar; pero dadas las circunstancias, no podía resistirme a explorar la nueva exposición en su segundo día. Desafortunadamente, no podía comunicarme desde mi celular con mi hermana para prevenirla del cambio repentino de plan, pues la recepción de telefonía celular en el interior del museo era solo para emergencias. Así que salí un momento y la puse al tanto. No tuvo inconveniente. Demoraría de 5 a 10 minutos en llegar. De modo que me senté a esperarla en la rotonda, justo ante la pareja, quienes seguían entregados uno a otro en un beso interminable, rodándose por el amplio piso de la rotonda y a punto de quizás quitarse la ropa, supuse. Junto a mí se sentaron dos chicas adolescentes, turistas. Una leía el folleto de información y la otra hacía muecas de desagrado ante lo que obviamente desconocía era el principio de la obra del artista en cuestión o quizás su incomodidad se debía a que no era el tipo de «arte» que esperaba disfrutar en el mundialmente aclamado museo Guggenheim de la ciudad de Nueva York. Finalmente llegó mi hermana. Nos encontró en la fuente. Con cara de asombro y cuestionándome sobre los amantes en pleno apogeo en el piso; le señalé que el letrero en la entrada indicaba que no se podían tomar fotos ni se podía fumar, pero que no decía «prohibido besarse». Se sonrió y empezó el ascenso tomada de la mano de Ian, quien estaba sumamente emocionado de verla y quien impaciente y rápidamente quería mostrarle la obra de Anish Kapoor. Ni tiempo tuve de decirle sobre la obra de Sehgal. Subí nuevamente la rampa y por segunda vez, un chico de más o menos la misma edad que el anterior, asumí, me salió al paso. Esta vez, el chico se expresó con más claridad y lo pude oír sin dificultad. Me dio la bienvenida a la muestra de Sehgal, This Progress (Este Progreso). Nos dimos la mano propiamente y acepté su ofrecimiento a acompañarme en el recorrido circular de esta inusual exposición interactiva, rodeados de los blancos muros vacíos mientras iniciábamos una charla sobre un tema bastante interesante e inesperado, suscitado por la pregunta hecha por este chico desconocido. Contestando a la pregunta, ¿Qué es progreso? escaneé cada esquina empolvada de mi cerebro, tratando de encontrar una respuesta adecuada para mi joven interlocutor, buscando las palabras precisas para definir algo por demás común y sin embargo tan amplio en su definición misma como concepto. Me remonté a mis años de colegio elementales, sin caer ni profundizar consciente y exclusivamente en el tema de educación o en el proceso de aprendizaje del conocimiento y el progreso que se genera en la adquisición del mismo, ya sea como grupo o como individuo. Me escuchó muy atentamente. De pronto nos detuvimos ante una chica adolescente, que parecía esperarnos pacientemente. El chico le hizo un recuento exacto de lo que habíamos conversado, me sorprendió grandemente, pues no se le escapó detalle alguno. Muy discretamente se alejó y nos dejo solas. Tuve la sensación de ser la estafeta que se entrega en las carreras de relevo.

Mi nueva acompañante era mayor al chico que acababa de «entregarme» a ella. Era una chica igual de agradable que el niño. Me acerqué a echar un vistazo a la amplia rotonda cuidadosamente diseñada por el famoso arquitecto Frank Lloyd Wright. Los enamorados seguían en el piso uno encima de otro, parecían ser uno solo. No estaba permitido tomar fotografías, así que tenía que confiar en las mejores conexiones sinápticas entre mis neuronas y asegurarme de almacenar permanentemente esta aventura para evocarla o compartirla más adelante.

Mi nueva guía inició la conversación con el tema de democracia. Vivir en una democracia es un privilegio, le dije, a la vez que en mi memoria se agolpaban los recuerdos de mi época como universitaria. La familia de mi mejor amiga en la universidad había sido la más democrática que había conocido. Consistía en 7 miembros: mamá, papá, tres hermanas y dos hermanos. Tuve el privilegio de ser invitada a comer, cenar, e inclusive pasar la noche en su casa a lo largo de 5 años de estudios. La comida, a pesar de ser racionalizada, era siempre suficiente para satisfacer el apetito de todos y cada uno. Se preparaba lo justo y cuando era invitada a comer sin avisar, me tocaba compartir la ración destinada a mi amiga Lucía. Tenían una casa grande. No era una mansión pero era muy acogedora y de muy buen gusto. Había un patio gigantesco que alcanzaba para tener una mesa de jardín, ubicada al costado de la casa, una pista de voleibol sobre césped, y en la parte del fondo tenían una pequeña granja en donde criaban gallinas, borregos y si mal no recuerdo hasta un cerdito hubo alguna vez. Les conocí varios perros en el tiempo que frecuenté su casa. No tenían ayuda doméstica como acostumbran las familias acomodadas en cualquier país latinoamericano. Los quehaceres del hogar estaban democráticamente distribuidos. Todos los hermanos estaban en su adolescencia. Me gustaba mucho que los chicos lavaran su ropa, que asearan sus habitaciones y que se alternaran la limpieza de las áreas comunes de toda la casa; cosa que no sucedía en mi propia familia. Como eran cinco hermanos, a cada uno le tocaba un día de la semana para recoger la cocina después de comer. Entre la mamá y el papá se turnaban para cocinar durante la semana y los hermanos se turnaban haciendo sus pininos culinarios los fines de semana. Y así, todo era siempre equitativamente distribuido. Disfrutaba mucho este sistema de convivencia social igualitario. Con una dinámica contractual donde todos tenían los mismos derechos y obligaciones como miembros de una misma familia y que se extendía a las amistades cercanas. Mi guía había escuchado muy atenta y complacida mi recuento; alcanzó a decir que efectivamente, era muy interesante como esta familia ejercitaba la democracia dentro de una amplia definición de la misma y dentro de una sociedad democrática. Habíamos avanzado un nivel más en nuestro recorrido y cuando «me entregó» nuevamente a mi siguiente guía se despidió muy cordialmente.

Esta otra mujer era mayor a la anterior, quizás tendría unos 30-35 años de edad. Me preguntó si conocía las violetas africanas. Su pregunta me remontó a los límites entre mi niñez y adolescencia en mi ciudad natal. En mi memoria albergo un bello recuerdo de la casa de la tía María a quien le gustaban mucho las violetas africanas y donde pasé veranos inolvidables. Tenía varias macetas pequeñas en la ventana de su recámara que daba a la calle. Todas eran de color morado. Recuerdo que mi tía las cuidaba con mucho cariño. Compartí estos recuerdos con esta persona. Agregué que hacía algún tiempo había adquirido una violeta africana y la había puesto en la ventana de mi cocina y que cada vez que la regaba pensaba en mi tía, sus violetas y mis aventuras de preadolescente en la ciudad más grande del mundo.

Desafortunadamente un día mi violeta murió. Creo que le puse agua en exceso. Tenía entendido que eran delicadas. Me sabía mal el no haber podido cuidarla. Quizás compraría otra más adelante. Repentina y casualmente, la chica dejo de andar mientras yo seguía y volteaba a ver lo que pasaba con ella cuando una señora mayor se me acercó y entabló otro diálogo conmigo, esta vez respecto a la composta. Me preguntó si conocía como hacer composta urbana. El tema era ciertamente de mi interés. Me pregunté como toda esta gente sabía de mis intereses. Era una verdadera coincidencia. Habíamos hablado sobre progreso y edu-cación, temas por demás interesantes en cualquier ciudad y en lo particular para una persona con hijos de edad escolar como yo. Luego me hicieron remontarme a épocas de estudio y otras etapas de mi vida en la Ciudad de México. Ahora volvían a viajar conmigo a esa misma época. Comenté que era de mi interés cuidar del planeta. Que estaba a favor del reciclaje, la separación del desperdicio orgánico e inorgánico y que me daba gusto que finalmente la Ciudad de Nueva York a través del alcalde Bloomberg hubiera tomado cartas en el asunto. A finales de los años 70's en la colonia donde pasé parte de mi niñez en el D.F. recuerdo que veía contenedores grandes de basura etiqueteados como «orgánico» e «inorgánico» en el Bosque de Chapultepec, el parque equivalente a Central Park en Nueva York. Además, en casa, debíamos separar la basura también, de lo contrario, el camión de la basura no se la llevaba. Creía recordar que era un programa piloto que se había lanzado en esa parte de la ciudad en aquella época. En viajes recientes, mi familia lo seguía haciendo. En mis primeros días de visita, me causaba confusión, pues había dos botes de basura y equivocarse implicaba que mis tíos tenían que separarla. Nos llevaba algunos días a mi pequeña familia y a mí depositar la basura adecuadamente. El volver a Nueva York y traer la rutina de separar la basura también nos creaba confusión. Así que había optado por adoptar el sistema en mi departamento e inculcar de una vez a mis hijos esto de cuidar del planeta. Había instalado dos recipientes abajo del fregadero y los había etique-tado igual que los del Bosque de Chapultepec. Había instruido a los niños a identificar los distintos tipos de basura que se generaban en la casa. Aunque sabía que en Nueva York aún no habían implementado este programa, pensaba que tarde o temprano ese día llegaría y entonces los niños estarían ya acostumbrados a hacerlo. Mi interlocutora me escuchó con interés. Expresó su admiración por lo que le compartí y me preguntó si hacía composta con lombrices. Le dije que aún no pero que lo consideraría en un futuro cercano. Prosiguió a explicarme como se hacía. Mientras caminábamos y conversábamos, no nos dimos cuenta que habíamos llegado a la cúspide del museo. Aproveché nuevamente para mirar hacia la rotonda. La pareja seguía deleitándose, fundidos en un beso que llevaba ya más de una hora de duración. Me enteré que su participación en esta exposición interactiva se llamaba *Kiss* (Beso) Mi interlocutora me proporcionó información sobre dónde conseguir las lombrices para la composta. Tenía que conseguir una caja de cartón y llenarla con periódico humedecido y luego un poco de tierra y entonces dejar ahí a las lombrices. Debía escoger un sitio donde colocar la caja en mi departamento y ahí depositar el desperdicio orgánico que generara mi familia. Me recordó que la exposición del museo se llamaba *This Progress* (Este Progreso) y era de Tino Sehgal. Me deseó que siguiera disfrutando de mi visita y se alejó. Me dirigí a buscar a mi pequeño hijo y su tía, quienes se habían perdido de este tour/exposición inusual por el museo. Empecé mi descenso en la rampa en espiral. De camino, hice una breve escala en una sala pequeña que albergaba algunas pinturas abstractas. Alcancé a escuchar a unos turistas que preguntaban al guardia de seguridad por qué no había nada de arte a lo largo de la rampa. El guardia respondió que estaba también desconcertado. No entendía tampoco por qué no había ningún cuadro. Los turistas expresaron su descontento con la visita. Venían desde Europa y el costo del viaje no era nada económico. No era lo que esperaban. No llevaban auriculares. No se habían enterado sobre el tipo de exposición interactiva que estaba ocurriendo y de la cual yo había sido parte. Continué cuesta abajo hasta encontrar a Ian y a Pati, quienes se entretenían contando las monedas que había en la pequeña fuente frente a la bella rotonda y donde los artistas de *Kiss* (Beso) seguían entregados en su beso prolongado, con la piel de la cara bastante irritada de tanto roce. Me percaté que no era la misma pareja del principio. Supuse que era lógico que hubiera varias parejas turnándose para esta muestra de arte que realmente había sido distinta a todas las visitas que había realizado hasta entonces, no solo al Guggenheim sino a muchos otros museos y en diferentes países. Recogimos los abrigos y el globo azul que nos habían hecho checar en el guardarropa. Los empleados expresaron otra vez lo divertido que les había resultado haber guardado un globo. No recordaban haberlo hecho antes y seguramente albergarían en su memoria que alguna vez un niño muy simpático les dio a guardar su globo azul mientras exploraba el Guggenheim.

El diablo en la biblioteca

Pedro Arturo Estrada

Recuerdo vívidamente cómo me hallé entonces frente a mi primer libro en la vida: El paraíso perdido de John Milton

Fue la abuela Emilia, allá en los primeros años de la infancia, quien me habló del infierno y sus ángeles oscuros, de Lucifer o Luzbel, el más hermoso y por ello tal vez, el más cercano a la soberbia en las cohortes celestiales. Fue esa su perdición: aquel instante terrible en el que a sus ojos ascendió el fulgor siniestro de la rebelión. Dios *ipso facto* abrió desde la luz el abismo de la noche eterna y allá, junto a Lucifer, fueron precipitados luego muchísimos ángeles más.

Una tarde, en aquel pueblecito de Tomás Carrasquilla, "frío, feo y faldudo", ese niño tímido y un poco ensimismado que fui se asomó por casualidad a la biblioteca del "tercer piso", la misma que había fundado, hacia fines del siglo XIX, el propio don Tomás y otros amigos suyos. El deslumbramiento fue instantáneo y poderoso. Ante mí apareció un universo fantástico cuyos límites apenas podía abarcar con la mirada. Estantes diversos se alzaban hasta el techo, cargados de hermosos volúmenes empastados en cuero o tela, reluciendo enigmáticamente en el espacio semipenumbroso de aquel salón inmenso. Amplias mesas de madera cubiertas con paños lustrosos, y elegantes sillones alrededor, daban a esa biblioteca un aire de grandeza y solemnidad memorables. A un costado, una vitrina exhibía el manuscrito de *Frutos de mi tierra*, del maestro Tomás Carrasquilla, como icono sacro. Sin duda pasó un buen rato aquel niño azorado en el umbral de semejante mundo hasta que la bibliotecaria, una muchacha del pueblo —vecina por lo demás–, lo invitó a seguir y a mirar tranquilamente los libros y la biblioteca misma. El ángel guardián se volvió hada madrina de la aventura espiritual que desde esa tarde empezaría a vivir.

Recuerdo vívidamente cómo me hallé entonces frente a mi primer libro en la vida: *El paraíso perdido* de John Milton. Era un viejo ejemplar en pasta dura, algo roída ya, en cuyo lomo brillaban todavía las letras doradas del título. Al abrirlo, en primer lugar, experimenté una sacudida: allí estaba el diablo tal como me lo había imaginado con los relatos de "Mamita Emilia". En primer plano se erguía sin embargo, el Arcángel Miguel, flamígero y poderoso echando abajo, entre peñones sombríos, la figura siniestra y al mismo tiempo fascinante de Satán que, mientras se despeñaba hacia el abismo, parecía hacerse más libre y dueño de sí. Un destello de su condenada soberbia, de su *Non Serviam*, ponía en su cara angulosa, en su mirada, cierta energía que lo hacía inmune a la humillación. No sé si identifiqué en ese momento la autoría del grabado —Gustave Doré– y de los que seguían, pero más adelante la visión de los demonios se repetiría con sus ilustraciones de *La divina comedia*. Y algo más allá, con las de *El Quijote*, pues, mucho de ese aire irreal, fantástico y tremendamente poético continuaría impactándome años después.

En la moderna visión de la poesía, sobre todo aquella que procede del romanticismo alemán, inglés y francés, la figura de Satán se hizo paradigma del poeta mismo. Principalmente en Francia, la nominación de "poeta maldito" acogió, entre otras, las razones de la rebelión como fundamento de la propia naturaleza del hombre librado a sí mismo; del poeta consciente de su caída; de su destino de desterrado en un mundo inferior. Satán terminaría encarnando para el hombre de nuestro tiempo el mito renovado del antiguo Prometeo capaz de enfrentar a los dioses y devolver a los hombres el fuego original de su espíritu sagrado. De cierta manera, Milton nos hace ver en su obra la figura de Dios como la de un gran dictador. Y no por casualidad, William Blake asumirá después esta visión miltoniana cuando expresa: "Los verdaderos poetas pertenecen al partido del diablo"(1). Dios como el arquetipo, el logos, la razón absoluta. El diablo como símbolo de la imaginación, el inconsciente, la locura, la fuerza de la naturaleza, el desorden de los sentidos. Ese es el planteamiento al que finalmente, nos llevará en una interpretación más profunda y vasta, la posterior literatura romántica, simbolista y moderna que, de algún modo, se emparienta con este *Paraíso perdido.*

Para mí, entonces, de algún modo el camino de la poesía, desde la adolescencia, estuvo identificado como ese "Camino de perdición" del que, paradójicamente, la abuela Emilia me advertía al relatarme las incidencias de ese acto abominable cometido por Luzbel. Quizá por ello preferí desde el comienzo, no la poesía como "deliquio del alma" en armonía incondicional con lo "espiritual" sino la poesía como manifestación de una conciencia insumisa, libre y trágica a la vez, abierta al mundo en su imperfecta belleza, en su contradicción y su tedio.

Más tarde, en la primera juventud, me encontraría de nuevo con el viejo Satán, ejerciendo ya su "negocio" de almas, en ese maravilloso libro de Goethe: *Fausto.* Pasé muchas tardes de mi adolescencia desentrañando la trama compleja de aquella obra misteriosa y altamente poética, en otra biblioteca de pueblo, esta vez anexa a la famosa choza de Marco Fidel Suárez, en Bello, Antioquia. Mi situación entonces no podía ser más ambigua: la del joven ingenuo con pretensiones de escritor sospechando secretamente el fracaso de su tentativa, lastrado por el vicio solitario de la lectura y al mismo tiempo, asqueado de la mediocridad y estrechez de su entorno, como si el destino le reservara una realidad más intensa y significativa, cosa que más adelante un poeta como Rainer María Rilke, le aclararía definitivamente: la pobreza no está en la vida sino en quien la vive. Pero tiempo después, en la plenitud febril de los 20 años, fueron otra vez la poesía en estado puro en los siniestros versos de Charles Baudelaire, la que de nuevo volvió a tender sobre mi cabeza aquella luz negra, cuando abiertamente se invocaba a don Sata en las ya hoy muy socorridas pero siempre excelentes *Letanías*:

Oh Tú, el más sabio y el más bello de los Ángeles,
Oh Dios traicionado por la suerte y privado de alabanzas
Oh Satán, ten piedad de mi larga miseria.

Oh Príncipe del Exilio, a quien se le ha hecho un agravio,
y que vencido, siempre te levantas más fuerte,
Oh Satán, ten piedad de mi larga miseria.

Tú que lo sabes todo,
gran rey de las cosas subterráneas,
sanador familiar de las angustias humanas,
Oh Satán, ten piedad de mi larga miseria.

Así también, ese "Camino de perdición" de la poesía me depararía otros encuentros no menos punzantes: Rimbaud y su *Temporada en el infierno*, por ejemplo:

Tú seguirás siendo una hiena, etc... declara el demonio que me coronó con tan amables amapolas. "Gana la muerte con todos tus apetitos, y con tu egoísmo y con todos los pecados capitales.¡Ah! ¡Por demás los tengo! Pero, caro Satán, os conjuro a ello, ¡menos irritación en esos ojos! Y a la espera de las pocas y pequeñas cobardías que faltan, desprendo para vos, que amáis en el escritor la ausencia de facultades descriptivas o instructivas, unas cuantas páginas horrendas de mi carnét de condenado.

Adelante me esperaron otros muchos poetas "condenados a la lucidez", desde el mismo Blake y Lautréamont, hasta Artaud, Bretón, Pound y Lowry, entre tantos. Toda la poesía y, casi toda la literatura que me interesó siempre, lo veo hoy, ha tenido indudable y definitiva influencia de aquella lectura inaugural de Milton y su *Paraíso perdido*; un libro al que, lo admito, me da un poco de temor volver a leer, quizá presintiendo en parte, alguna decepción inevitable ligada a toda admiración que dure tanto tiempo. No quiero pensar que terminaré leyendo algún día, jaculatorias o versos edificantes como castigo de mi precocidad luceferina.

(1) En El matrimonio del Cielo y del Infierno, Blake señala: "La razón por la que Milton escribió en grilletes cuando habló de los Ángeles y de Dios, y en libertad cuando lo hizo acerca de los Diablos y del Infierno, es porque él era un verdadero Poeta y estaba de parte del Diablo sin saberlo". Así mismo Shelley en su Defensa de la poesía, afirma: "El Diablo de Milton, en cuanto ser moral, es muy superior a su Dios, en el sentido de alguien que persevera en un empeño que cree excelente, a pesar de la adversidad y la tortura, contrapuesto a otro que, en la fría seguridad del triunfo indudable, inflinge la más horrible venganza a su enemigo con el supuesto designio de exasperarlo para que así merezca más tormentos".

Memorias del olvido: Rafael Panizza (1953-1990)

Miguel Falquez Certain

Impotente ante las furias inmisericordes del destino, rescato del olvido estas memorias que hoy termino. Good night, sweet prince!

"¿Cómo hicieron para que Jean Marais pudiera traspasar el espejo?", resonó la voz de un muchacho en el salón semivacío de la Alianza Colombo-Francesa. Acababa de terminar la proyección del *Orphée* (1949) de Jean Cocteau y la mayor parte del público se había marchado ya, luego de un período de discusión sobre la película en el cual yo había servido de moderador. Todos los miércoles, a las ocho de la noche, gracias al apoyo de Claude Mazet, director de la Alianza, mi profesor de francés e indudable mentor, yo presentaba un filme francés, con una breve introducción histórica y un debate posterior sobre sus méritos, en lo que vino a conocerse como el "Cine Club de la Alianza".

Estaba recogiendo mis notas de la mesa cuando la pregunta me la formuló a mis espaldas de sopetón. La voz era dulce y tímida, como la de un niño rebosante de curiosidad. Al voltearme vi junto a mí a un joven bien parecido, un poco más bajo que yo, con un hombro más caído que el otro, sonriéndome. Lucía bluyines ceñidos, una camisa abigarrada y llevaba una mochila al hombro. Al parecer su timidez le había impedido intervenir en la discusión y había esperado a que todo el mundo se marchase para acercárseme. Me dijo que su nombre era Rafael Paniza, que había nacido en Corozal pero que su familia vivía ahora en Ovejas, que estaba recién llegado a Barranquilla y alojado en casa de unos primos, que había asistido a todas las películas del ciclo y que le encantaba el cine francés.

Nos fuimos caminando por la Avenida Colombia rumbo a mi casa, hablando a borbotones, robándonos la palabra, pontificando sobre el cine, la literatura y las artes plásticas con unas ganas pantagruélicas que sólo la juventud podía brindarnos. Él tenía 19 años; yo, 23. Nos despedimos en la puerta de mi casa, y cuando ya se disponía a seguir su camino me dijo que, si quería, mañana me podría mostrar los cuadros que había estado pintando en los últimos meses. "Son paisajes de las Sabanas de Bolívar, tal como yo los recuerdo", me afirmó. "Primitivista", me aventuré a decirle. "*Naïf*", me corrigió con firmeza. "Yo soy autodidacta, como el Aduanero Rousseau." Quedamos en vernos en casa de sus parientes al mediodía.

Yo nací en la casa en donde aún vive mi familia – al costado del Colegio de Lourdes; Rafael estaba hospedado mucho más al norte, casi al final de la ciudad. De manera que tomé un taxi y me presenté en la casa de los Espinosa, sus primos, a la hora acordada.

Hacía un calor asfixiante y las acacias, trinitarias, begonias y matarratones se ofrecían florecidos a lo largo de mi recorrido.

Al bajarme del carro noté que estaba esperándome en la terraza. Tenía puestos unos pantalones cortos, una franela y sandalias. Nos sonreímos y, al llegar a la puerta, nos estrechamos las manos formalmente. Al entrar me presentó a su prima, Teresita Espinosa, y luego nos fuimos a su alcoba, que también hacía las veces de estudio y en donde estaban colgados la mayoría de sus cuadros.

La pieza estaba llena de luz; las paredes, atiborradas de pequeños cuadros que producían su propia luminosidad: los verdes y rojos de una naturaleza desenfrenada enmarcaban plazas pueblerinas, carros de mula, tejados minuciosamente detallados, campesinos ofreciendo sus productos en las plazas de mercado, soles que estallaban en bólidos de luz, perros ladrándole a una luna azul que se resolvía en un torbellino blanco con la textura volviéndose viva y saltándose del cuadro.

En 1970 regresé de Nueva York a Barranquilla

luego de una estadía de año y medio. Las pinturas del Aduanero Rousseau que había admirado en el Museo de Arte Moderno –sus dimensiones descomunales, su león husmeante, sus montañas y zonas desérticas, su gitana negra adormecida, sus exóticos pájaros y flores, sus micos y guineos en medio de una vegetación selvática desmesurada, invadido todo de un letargo onírico – me volvieron súbitamente a la memoria como el recuerdo de un perfume olvidado en un recodo de la vida. Los cuadros de Rafael, sin pretender plasmar un ambiente superreal a lo Magritte o a lo Rousseau, creaban sin embargo ese mundo sencillo y prístino de nuestros pueblos costeños. Era como si regresara, de la mano de mi padre, a aquellas excursiones por Galapa, Baranoa y Sabana Grande, esperando atrapar en mis jaulas de complejas trampas los más hermosos pitirres. Los colores primarios establecían un diálogo enajenado y lírico que al instante supieron cautivarme.

Esa noche volvimos a encontrarnos en mi casa. En medio de un calor abrasante – exacerbado por las copas de Ron Medellín con Cocacola y por la intensidad del intercambio de opiniones irreverentes y de confesiones abruptas – nació nuestra amistad. Me contó que se había ganado un pasaje de ida y vuelta al Brasil en un concurso al mejor cartel organizado por una agencia de publicidad, y que había estado estudiando portugués pero que, desafortunadamente, no le había sido posible viajar pues su madre se hallaba muy enferma con un cáncer terminal y no se atrevía a ausentarse por temor a no estar presente en su lecho de muerte.

La noche transcurrió con altibajos y, de pronto, se me ocurrió contarle la narración bíblica de la lucha nocturna de Jacobo y el Ángel en donde el primero confronta las luces del alba con una herida en la cadera que le deja renco y el segundo, alabándole su tenacidad en la contienda "con seres humanos y divinos", le otorga un nuevo nombre: Israel. Recordamos luego el cuadro de Matisse. Sin ton ni son le dije que uno de mis antepasados se apellidaba originalmente Cassola, a la italiana, pero que al españolizarse se convirtió en Cazola. Me dijo que el pintor José María Espinosa Prieto, el gran retratista de Simón Bolívar, era un antepasado suyo. Discutimos la diferencia entre los Espinosa y los Espinoza. Le conté que mi apellido era catalán y que en Barcelona se escribe Falques. Consideramos la existencia de un posible parentesco entre nosotros por mis primos Prieto Sánchez. Y decidimos, finalmente, que esta noche habíamos presenciado su epifanía pictórica rebautizándole y rebautizándose *Panizza*, con doble "z" y a secas.

Desde ese día, mi familia, mis amigos y yo le llamaríamos Panizza. Vinieron entonces unos meses agitados durante los cuales fructificaron y se cohesionaron diversas corrientes culturales que hasta ese momento se hallaban dispersas: Antonio Caballero Villa, Alfredo Gómez Zurek, Meira Delmar, Álvaro Medina, Ramón Bacca Linares, Margarita Abello Villalba, Anne-Marie Mergier, Álvaro Ramos, Carlos J. María, Braulio De Castro, Rufino Osorio, Carmen Arévalo, Álvaro Herazo, Alberto Vides, Rafael Salcedo, Francia Ribón, Inés Mendoza, Jaime Manrique Ardila, el Tato Abello, la Mona Falquez, Julio Roca Baena, Ramiro Visbal, Lola Salcedo, Beatriz Manjarrés, Panizza, Claude y Danielle Mazet, Campo Elías Romero, Luis Ernesto Arocha, y yo, todos, de una u otra forma, nos cruzábamos en los cocteles de la Alianza o en las galerías, en "sancochos literarios" o en paseos por los pueblos del Atlántico, en el Museo Antropológico o en parrandas en casa de Toño Nieto y Francia Ribón, en la creación del nuevo Cine Club de Barranquilla o en la fundación del suplemento literario del *Diario del caribe*, en mis fiestas de cumpleaños los 9 de diciembre o como periodistas, traductores, críticos, columnistas, poetas y cuentistas en los periódicos y emisoras de la ciudad, en las rumbas en uno u otro de los apartamentos del Edificio La Perla o en casa de Esther Simmonds los 15 de agosto, en las conversaciones cinematográficas en los bares de la calle 72 después de las funciones del Cine Club o en tertulias literarias con Rosita Marrero y Alfredo Gómez al timón, en las noches de "Baco" o en la entrega de premios en mi casa todos los 31 de diciembre cuando Álvaro Ramos, Braulio De Castro y yo, la autodenominada "Academia", otorgábamos trofeos tales como "La momia de oro" o "La indigna del año".

Una tarde Panizza me llevó a conocer a la hija del Hilda Strauss quien vivía por el Parque de los Fundadores. Yo sabía quién era la madre pues ella había sido candidata a Señorita Atlántico, en 1951, cuando mi hermana Linda salió elegida. El propósito de nuestra visita era escuchar el sinnúmero de discos brasileños que su amiga tenía para poder así aprendernos las letras y mejorar nuestros conocimientos del portugués. Fueron varias las idas y venidas a aquella casa solariega en donde siempre nos recibieron con hospitalidad. De allí salíamos cantando *"Cidade maravilhosa, cheia de encantos mil..."* o *A banda* de Chico Buarque de Hollanda, y nos íbamos a visitar a Francia Ribón al edificio "Once de noviembre" a la vuelta de la esquina.

Con la recomendación de mi prima, la Nena Pumarejo, Panizza logró su primera exposición individual en el Salón Cultural del Banco de la República en 1974, y gracias al espaldarazo crítico que recibió, su carrera se inició con los mejores augurios. En los tres años que habían transcurrido, sus primeros motivos sabaneros habían sido substituidos por las viejas mansiones señoriales del barranquillero barrio El Prado y su exuberante flora: paulatinamente la figura humana había ido despareciendo para darle paso a la geografía y a la arquitectura de su tierra adoptiva.

Y Barranquilla le pagó con creces porque su obra tuvo una demanda inusitada. Aunque la devoción a su pintura le ocupaba la mayor parte del tiempo no por eso dejábamos de frecuentarnos: había días en que se presentaba de improviso a mi casa a visitarnos a mí y a mi tía, la Mona Falquez – acompañado de Gérard, un francés, y de Ernesto Barvo, un vecino mío de la infancia –, y pasábamos horas departiendo, jugando veintiuna, bebiéndonos unos aguardientes, riéndonos de la vida; había otros cuando íbamos a visitar a Rudy Díaz Granados en su apartamento frente al Hotel El Prado o a tomarnos unos tragos en "Baco", el otrora bar acogedor de Rita García y Mabel Henao.

Por otro lado, de sus viajes a Ovejas a visitar a su madre enferma, Panizza nunca se olvidaba de traerme regalada una botella de suero sabanero que tanto me gustaba. Aunque regresaba triste y deprimido, a los pocos días recobraba su buen humor, dedicándose a su pintura con renovado tesón. Fue así como se inscribió en 1975 para participar en un concurso de murales, embarcándose en una nueva empresa con la cual no estaba familiarizado, como imponiéndose un reto.

Todos los días, durante dos meses, montado en un andamio frente a la inmensa pared blanca de un consultorio médico frente al edificio "Once de noviembre", sudando copiosamente y con las ropas manchadas de pintura, se le podía observar "construyendo" minuciosamente una espectacular reproducción de la fauna, la flora, la topografía, la arquitectura y la humanidad de nuestra desmedida tierra caribe. Viéndole allí, con la resolana golpeándome los ojos, su figura delgada engendrando una silueta alargada, empequeñecido por la distancia y el contraste con la escala gargantuesca de su obra, me convencí de que el destino le depararía grandes triunfos. Los jurados declararon su mural fuera de concurso.

Poco tiempo después decidí marcharme a España a estudiar literatura. Panizza siempre estuvo fascinado por un grabado de mi pariente Enrique Grau que yo tenía en mi cuarto. Grau lo había ejecutado en Nueva York, a comienzos de los años cuarenta cuando asistía al *Arts Students League*, y no se parecía en nada a lo que, años después, vendría a convertirse en su reconocido estilo. Para principiar, sus dimensiones eran 28 x 23 centímetros, en blanco y negro, sus figuras eran monstruosas y distorsionadas, y el paisaje urbano me recordaba a la *Metrópolis* de Fritz Lang. Le había pertenecido a Ebel Botero; su sobrino, Orlando Agudelo Botero, en ese entonces muralista precoz y buen dibujante, me lo había regalado un buen día de 1965 cuando ambos estábamos en quinto de bachillerato. Panizza insistía en comprármelo; terminé por canjeárselo por uno de sus exitosos cuadros con la esperanza de poder venderlo y reunir así más dinero

para mi viaje inminente. Al final todos quedamos sa-
tisfechos; en octubre del '75 tomé el vuelo de Avianca
que me llevaría a Madrid a estudiar literaturas semíti-
cas en la Universidad Complutense.

* * *

No volví a ver a Panizza durante tres años. A
finales de 1976 yo había regresado a vivir a Nueva
York. En 1978, cuando me disponía a cruzar Park
Avenue a la altura de la calle 51, justo al frente de la
Iglesia de San Bartolomé, la misma en donde contraen
nupcias Liza Minelli y Dudley Moore en la película
Arthur (1981), escuché que alguien me llamaba desde la acera de la iglesia. Le reconocí de inmediato y
empezamos a saludarnos con impaciencia pues el se-
máforo en rojo nos impedía acercarnos, por fin deci-
diendo esperar a que él atravesara.

Estaba recién llegado. Sin embargo, ya había
efectuado su primera venta a la sucursal del Banco
de Bogotá que estaba localizada a cuatro cuadras de
donde nos encontrábamos: la esquina del European-
American Bank en donde yo trabajaba. Fue un encuentro fortuito y maravilloso; en inglés se dice *ser-*

endipity, derivado del cuento de hadas persa "Los tres príncipes de Serendip", por la suerte que tienen los personajes al encontrarse tesoros a diestra y siniestra. Le acompañé hasta el banco y me quedé admirando su obra en el vestíbulo mientras él iba a la gerencia a recoger su cheque.

Al salir hablamos brevemente pues yo debía regresar a mi oficina ya que la hora de mi almuerzo estaba llegando a su término y él tenía otras diligencias que hacer. Estaba temporalmente alojado en la Y.M.C.A. cercana al Lincoln Center mientras encontraba algo más estable y me prometió llamar al día siguiente a mi apartamento en Brooklyn. No obstante, pasaron varios días sin que tuviera noticias suyas. Y cuando en efecto me llamó, supe que se había conectado con el grupo de Andy Warhol por lo que se encontraba muy contento: había posibilidades de entrar por la puerta grande al mundo artístico neoyorquino. Le invité a que saliéramos a comer, pero me dijo que estaba ocupado: el "grupo" se iba de parranda al "Studio 54" y no-podía-perdérselo-por-nada-del-mundo. Eran los inolvidables años del "agite" y de la "tenacidad", en las postrimerías de un decenio turbulento que venía fomentando el caos en todos los frentes, cuando el desenfreno estaba a la orden del día y se vivía, como dice el protagonista de una vieja película de Hollywood, "deprisa, para morir jóvenes y crear un cadáver precioso".

Volvimos a hablar por teléfono varias veces pero nunca fue factible encontrarnos. Muchos años después me enteraría que su estancia fue corta pero que regresó a Nueva York en 1981 a estudiar en el *Arts Students League*. Mis señas habían cambiado en el ínterin: en 1979 me había mudado al Condado de Queens y en 1981 abandoné mi trabajo de traductor, en el Manufacturers Hanover Trust, cuando acepté una beca para estudiar el doctorado en literatura comparada en New York University. De modo que nunca nos cruzamos durante su estadía de un año, aunque amigos me contaban que creían haberle visto de lejos, desde la ventanilla de un bus.

En noviembre de 1987 regresé a Barranquilla luego de doce años de ausencia. Mi hermano Billy me dijo que Panizza había estado esperando mi llegada pero que al parecer no podría verme pues debía viajar a Europa en esos mismos días.

Sin embargo, una tarde a finales de noviembre,

el timbre de la puerta sonó y al abrirla me encontré a Panizza plantado en la mitad de la terraza, sonriente. Nos dimos un gran abrazo y empezamos de inmediato aquel diálogo que había quedado interrumpido hacía nueve años. Su presencia física no había cambiado demasiado: aún conservaba su rostro juvenil, su sonrisa perfecta, su melena abundante, sus carnes magras. Por el contrario, el cambio había ocurrido en su carácter: hablaba pausadamente, midiendo sus palabras, salpicadas aquí y allá por su inconfundible y exuberante risa, por sus gestos efervescentes. Había madurado.

Le ofrecí un aguardiente pero no me lo aceptó: era abstemio desde hacía tres años. Me dijo que vivía a la vuelta de mi casa y que vendría a visitarme a menudo durante el mes de mis vacaciones.

Y así lo hizo. Se presentaba al caer la tarde y nos sentábamos en el jardín interno de mi casa a contarnos retazos de nuestras vidas, tratando de ponernos al día en una carrera contra-reloj, reviviendo tiempos pasados y reconstruyendo difícilmente historias paralelas de tantos años. Los viajes a Nueva York le habían modificado fundamentalmente su visión de la vida y del arte. Se expresaba con precisión y riqueza sobre conceptos estéticos y me mostró fotos de sus nuevas

obras, recortes de periódicos, catálogos de exposiciones, entrevistas, artículos suyos publicados y me regaló unas diapositivas de su trabajo reciente.

Había abandonado la pintura *naïf* por la trans-
vanguardia. En Nueva York se había sumergido con
pasión en las galerías del SoHo en donde exponían
frecuentemente Sandro Chia, Francesco Clemente,
Jean-Michel Basquiat, Julian Schnabel, todos los
nuevos "monstruos sagrados" del "arte feo", herede-
ros indirectos del *art brut* de Dubuffet que yo tanto
había admirado en una retrospectiva en Madrid en
1976. Definitivamente era un nuevo Panizza, tan radi-
calmente distinto que, vistas en conjunto, parecerían
obras de un esquizofrénico. Tan sólo aparentemente.
Bien al fondo, se podían discernir esfuerzos paralelos
como los reflejos de un espejo en otro espejo: había
un análisis consciente en la distribución pictórica que
se emparentaba al preciosismo de sus paisajes rurales;
también una soltura desfachatada en la composición
que se entroncaba con el desenfreno figurativo de su
período *naïf.*

A principios del '87 yo había publicado en Nueva York mi primer libro, *Reflejos de una máscara*, que

recogía una selección de mis poemas escritos desde 1968 hasta 1982. Se lo regalé a Panizza en una de sus primeras visitas, y más tarde me comentó que lo había leído y le había sorprendido gratamente descubrir que la mayoría de ellos eran amatorios o eróticos. Él era uno de los tantos que aún guardaban la distorsionada imagen mía de comienzos de los años setenta según la cual mi cinismo y mis desplantes me convertían en un ser neurótico, glacial, distante y amargado. Tan sólo Margarita Abello y Anne-Marie Mergier habían vislumbrado la verdad. Mi poema "El desencanto" así lo definía: "Detrás de toda esa coraza / yo sé que encierras la ternura. / El cinismo es un largo aprendizaje / que de improviso te sorprende / porque nunca / lo has deseado ni buscado". *Reflejos...* le había mostrado a Panizza el otro lado de la máscara.

El 9 de diciembre, a las siete de la noche, me avisaron que Panizza me estaba esperando para darme su regalo de cumpleaños. Con las manos aún sucias de pintura, me entregó un cuadro de 101 x 81 centímetros que acababa de terminar: "Reflejos de una máscara". Había recortado las tres caras mías que aparecen en la portada del libro, el título y 41 fragmentos de mis poemas, y los había distribuido por la superficie del lienzo rodeándolos de pigmentos verdes, violetas, rojos y amarillos. En la esquina inferior izquierda había escrito: "Miguel, esas (tus) palabras ahora son mías. Panizza 87". "Tuve que descuartizar tu libro", me dijo con una gran sonrisa. "Me tendrás que regalar otro." Oportunamente, Margarita Abello estaba con nosotros en ese momento cuando aún no se había dado comienzo al jubileo.

En noviembre de 1988 regresé de nuevo a Barranquilla. Panizza había postergado indefinidamente su viaje a Suiza, y por un amigo de él, Francisco González, se enteró que Alfredo Gómez y Eduardo Vides le daban una fiesta a "un barranquillero que vive en Nueva York". Se imaginó que era yo y volvimos a encontrarnos. Acababa de terminar la exposición de su serie escultórica de San Sebastián en el Teatro Municipal Amira de la Rosa pero ofreció mostrarme un par de ellas que se encontraban actualmente expuestas en la Galería Elida Lara. Me pasó a recoger a las once de la mañana, y cuando le insinué que tomáramos un taxi, me dijo que la galería quedaba cerca de mi casa. Nos fuimos caminando, subiendo por la carrera 49 hasta la calle 74 en busca de sus santos en plexiglás.

En el camino le hablé del Museo Medieval de Barcelona en cuyos salones se exponen alrededor de 350 esculturas de San Sebastián ejecutadas por diversos artistas de distintos siglos, y le pregunté si había visto la película inglesa de Derek Jarman *Sebastiane* (1976), el único filme en la historia del cine con diálogos en latín. Aparentemente nunca había sido proyectado por estos lados.

Disfrutando del aire acondicionado de la galería, tuve la oportunidad de observar sus incursiones en el nuevo medio. Por él supe que tenía una cuadrilla de artesanos que ejecutaban sus instrucciones, dándole forma a sus diseños en esa mercurial materia que al recibir el rocío de una regadera se expandía vertiginosamente como un paracaídas al abrirse en su descenso por el espacio. Gesticulaba en abundancia mientras golpeaba con sus nudillos las preciosas figuras huecas que parecían troncos de árboles en su sinuosidad "natural": estaban más cerca de la serie "Balzac" de Rodin que de las esculturas "clásicas" o de las abstractas. Los chorros de pigmentos que surcaban indiscriminadamente la piel desnuda de este mártir sexual recogían los dos medios en una conjunción recargada, "sincretizándolos" en un nuevo objeto parecido a las descomunales "chatarras" de Frank Stella de los años ochenta.

De la mano de Panizza volví a descubrir a Barranquilla. En medio de un calor hostigante debido al disparatado retraso de los alisios, Panizza y yo caminamos por los barrios Boston, Porvenir, Prado, Modelo y Bellavista, sudando a borbotones, aspirando el olor de las acacias y de las trinitarias florecidas, refrescándonos con gaseosas en las tiendas esquineras, presenciando estupefacto la metamorfosis de caserones y quintas en edificios de propiedad horizontal, regocijándome cuando hallaba una casa intacta, en medio de establecimientos comerciales, que se identificaba con la imagen que guardaba celosamente en un meandro del recuerdo. Su mural del "Once de noviembre" había sido demolido para construir una universidad. Al desembocar en el Coliseo Cubierto una brisa violenta nos golpeó los cuerpos sudorosos produciéndonos escalofríos.

Una tarde de diciembre Panizza y yo volvimos a entonar aquellas canciones brasileñas que habíamos aprendido juntos hacía ya tantos años. Juan Pablo Manotas se divertía escuchándonos y nos sorprendíamos al ver cómo las letras regresaban sin el menor esfuerzo.

Hablamos de las muertes recientes de Andy Warhol (¿1930?-1988) y de Jean-Michel Basquiat (1960-1988). Me comentó sobre la exposición "Cien años de arte en Colombia" en donde estaban incluidas obras suyas, la cual había recorrido el país y luego el Brasil e Italia; de su participación en "El arte contemporáneo colombiano" en Londres y Bruselas, en la Segunda bienal de La Habana y en los pasados salones nacionales; y de la reciente Primera bienal de arte de Bogotá en donde había resultado finalista. En una entrevista publicada en *Intermedio* en septiembre de ese año, Julio Roca escribía que "para Rafael Panizza el futuro apenas comienza". De eso estaba yo plenamente convencido. Quedamos en vernos el año siguiente a su paso por Nueva York.

Desdichadamente nunca más volví a verle. En mis llamadas telefónicas a Colombia a Rufino Osorio y a Álvaro Ramos, o cuando Braulio De Castro venía a visitarme a Nueva York, preguntaba siempre por él. Nunca supe su dirección exacta.

En noviembre del año pasado, hablando por

teléfono con mi hermana Linda, supe que había estado en mi casa una noche hasta el amanecer, charlando animadamente con ella y mi hermano Randolph, totalmente sobrio mientras ellos se bebían unas copas.

En la tarjeta de navidad que le envié a Rafael Iglesias le pedí que le diera saludos de mi parte y le anuncié mi visita en diciembre del '91.

El quince de enero asistí a una exposición de Basquiat y Keith Haring (1958-1990) en una galería del SoHo. Al llegar a mi casa me encontré en el correo una carta de Renato Damiani Simmonds en donde me comentaba la muerte de Panizza, presumiendo que ya me había enterado. La noticia me dejó estupefacto durante unos minutos. Me serví un Scotch doble con hielo y le abrí las compuertas a las lágrimas. Llamé a varios amigos en Barranquilla pero no pude localizar a ninguno. Finalmente mi madre me confirmó la noticia añadiendo que Braulio De Castro le había dicho que Panizza había muerto el 30 de diciembre en Cartagena y que ese fin de año había sido uno de los más tristes de sus vidas.

Esa noche no pude conciliar el sueño. Las imágenes me llegaban atropelladamente: recuerdos vivos de un Panizza adolescente, con una sonrisa inmaculada, desplazándose en silencio por los salones de la Alianza.

En *Le Testament d'Orphée* (1959), Cocteau reúne a Jean Marais, María Casares, Jean-Pierre Léaud, Charles Aznavour, Yul Brynner, Pablo Picasso y Édouard Dermithe en la continuación de su saga. Él mismo, como icono y símbolo del poeta, maniobra en la imagen viva del celuloide el hilo de la narrativa. Dermithe, alter ego del Jean Marais del primer Orfeo y, en última instancia, del Cocteau demiurgo, representa al poeta de la nueva generación que termina suicidándose al lanzarse desde una colina al mar. La magia poética de Cocteau, en un final enardecido y sublime, le devuelve la vida valiéndose de la misma imagen en reversa: Dermithe surgiendo de las aguas y aterrizando lentamente sobre el precipicio infausto.

Desgraciadamente Panizza nunca tuvo la oportunidad de verla. Sólo que hoy quisiera poseer esa magia evanescente para insuflarle la vida.

Impotente ante las furias inmisericordes del destino, rescato del olvido estas memorias que hoy termino. *Good night, sweet prince!*

Secretos de Sincé

Plinio Garrido

Recuerdo también la vez que un aerolito o piedrecita cósmica o "estrella fugaz" atravesó el cielo de Sincé, generando el pánico colectivo ...

A mis padres.
Y a Dolly, mi hermana.
A sus memorias

Acordarme de Sincé es ahora más común y cotidiano. Y Facebook tiene mucho que ver. Ya que, con frecuencia, encuentro en el muro los comentarios de Any Merlano sobre el lugar donde nací. El segundo apellido de Any es Garrido. Así, tras la identificación de algunas coincidencias, como el hecho de que ella es periodista y yo llevo más de 30 años bregando en estos menesteres, decidimos "reconocernos" como primos. "Mi prima" vive en Sincelejo. Yo resido en New York City.

Del Sincé de mis primeros casi 8 años, los que viví allí, rememoro algunas cosas… o hechos. Son vivencias que prefiero calificar de anécdotas. Los rostros que fluyen en tales recordaciones, son, empero, difusos. Como en sepia… Muy opacos.

Diez años después de dejar Sincé para vivir

a Barranquilla, adonde me llevaron mis padres y donde crecí, regresé al pueblo. Para entonces transitaba los 17 o 18 años de edad. Sin embargo, mis remembranzas infantiles se imponen a las escasas vivencias de aquellas dos o tres visitas juveniles, que fueron de días, o una, dos semanas.

Lo más remoto que me llega a la memoria es el pirulí que mi padre, don Ascanio Garrido, puso en mis manos. Lo llevó de Magangué, de regreso de un viaje de negocios. Creo que su actividad comercial, en pequeño tirando a mediano, involucraba algodón, café y bocachicos fritos magangueleños. El confite era una esferita compacta, roja. Yo no tendría arriba de 5 años y la confundí con una cánica o "bolita uñita". La tiré al piso de tierra apretada y me puse a jugar con ella. Mi padre la recogió, la lavó y me la puso en los labios. El sabor desconocido y dulcificado en la punta de mi lengua me dio alegría, y creo que sonreí gozoso, porque mi padre me dio un abrazo.

Tal recuerdo resulta de cuando vivíamos en un lugar llamado "Carratico", en una casa grande y

¡altísima!, en un lado del camino hacia uno de las dos fuentes de agua de Sincé: El Estanco. El otro era El Trébol, en un sector del pueblo cuyo nombre desconozco (o no logro rememorar), aunque recuerdo que en su orilla nacía La Bodega, calle arenosa, en declive... y famosa. Era una fama casi macabra, pues nacía del rumor sobre la aparición de una "oscurana" (también podría ser un "Aparato" o una "Aparición").

En todo caso era una mancha negra enviada por el diablo, que recorría La Bodega después de la media noche, a la caza de noctámbulos y borrachitos que se advertían propensos o merecedores del castigo divino. Por ende, objetivos del diablo y de otras entidades *Made in* el Infierno. Cabe destacar que Sincé era en esos años un fortín de "aparatos", "oscuranas", perros sin cabeza pero con lenguas de fuego; demonios, brujas y otras *apariciones* y fantasmagorías que brotaban de la boca del cura, en la misa, o durante el Ángelus, y se diseminaban, particularmente, a través de rezanderas de velorios.

El Estanco era un lago pequeño. Estaba

mayormente cubierto de tarullas y otras plantas acuáticas. Muchas de ellas con flores moradas o magenta o fucsia... ¡y blancas! No puedo asegurar si había nenúfares. Algunas hierbas que obviamente no eran la hierba "faragua" (alimento principal de vacunos, caballos, burros y chivos) se alzaban erectas. Había babillas. Las recuerdo perfectamente.

En el lado más accesible de su orilla en recodo, se alzaba un "palo de cañañola" (cassia grandis de la famlia de las fabaceae) o cañandonga, o cañafístola, como le llaman en Barranquilla y acaso en el resto del país. Fue a orillas de El Estanco donde vi por primera una mujer desnuda. Confieso que me asusté. No fue un susto de miedo, sino de admiración. El triángulo azabache y en relieve mediando su estampa generaba en mí una conmoción tan misteriosa como feliz. Intuía que, frente a mí, estaba el regalo más maravilloso que jamás pudieran recibir mis ojos. Tendría yo a la sazón 7 años de edad.

A la casa grande de "Carratico", donde vivíamos, le seguía, a varios metros, la bonita "mansión" de una dama a quien mi madre, doña Pura Enciso, llamaba "la señora Juanitica". Enfrente, y en un elevado de terreno, estaba la casa con paredes de cal descarchada de un policía de apellido Calvo. Es vago pero fiel el recuerdo de este personaje con su uniforme kaki, su ancha correa negra y su gorra de portero. De allí en adelante, lo demás era monte o carretera y la salida hacia las poblaciones de Betulia, Corozal, Sincelejo...

El otro lado estaba orillado de casas. Cuyos techos eran mayormente de palmas, ¿de iraca? Puede ser. Aunque había algunas techadas con láminas de zinc corrugado, lo que denotaba un visible progreso en el área de la construcción justo en la entrada de Sincé. De paso, indicación de una mejor economía de sus dueños. Me acuerdo de un "estanquillo" o bar llamado ¿Pénjamo? A una señora que recuerdo muy bien, Prisca, no la puedo relacionar con el bar "Pénjamo", pues tengo dudas en ese sentido.

Más adelante estaba "La Gul", una manga de terreno que fungía también de calle despoblada.

A lo largo de dicha calle se extendía un grueso tubo de hierro, con un tramo en tierra y otro tramo elevado, por el que corríamos algunos chicos de los alrededores. Era el oleoducto por donde viajaba el petróleo crudo que la Gulf, petrolera inglesa, extraía de las entrañas de nuestro suelo y se llevaba gratis hacia sus refinerías. Bueno, no totalmente gratis, si es cierto que de todo esto resultó la fuente que hizo multimillonario a Virgilio Barco Vargas, una de nuestras vergüenzas presidenciales.

A continuación empezaba el "casco urbano" de Sincé. Básicamente lo inauguraba la Plaza de la Esmeralda. Creo que así se llamaba el barrio. A la plaza la antecedía una hilera de casas que daba continuidad a la entrada principal del pueblo. Al frente de esas casas, cinco o seis, estaba la extensión del patio de un caserón cuya enormísima fachada era uno de los frentes de la plaza, la que recuerdo como un pentágono o hexágono un tanto disparejo, señal de una urbanización más que todo, expresión del capricho y la oportunidad del momento, que como resultado de un modelo urbanístico preconcebido, armonioso.

Pienso que la casa era propiedad de un señor llamado Elías Pontón y no recuerdo si en el extenso patio se ordeñaban vacas. Aunque sí puedo ¨identificar¨ (¿percibir con la memoria?) el vaho característico de la boñiga vacuna (excremento) que se seca con el sol. Al otro lado del patio, al fondo, y ya en la otra calle, había una Ceiba enorme, cuyos "frutos" pendiendo de sus ramas o desparramados en el suelo, llamábamos "bacota".

En la otra acera de esa calle, caía en picada una puntita de monte, de donde una vez salió un chivo bastante agresivo y sin dueño reconocido, que estrelló su frente de piedra y sus cuernos contra el trasero de un señor llamado Agustín Doria, dejándolo lastimado, y sentándose de lado y en la cama durante algunos días. La calle atravesaba la manga por donde se extendía el oleoducto tragón de "La Gul".

Un poco antes del ángulo formado por dos cercas con alambre de púas, había un "palo" de cereza. Una de cuyas cosechas casi se la come completa un muchacho no recuerdo si se llamaba

Segundo o Tercero, pero era numérico tal nombre. La hartazón tapó sus intestinos y tuvieron que llevarlo de emergencia a que lo destaparan vía bisturí, no sé si en Sincelejo o Cartagena, pues en Sincé no existía aún el instrumental requerible para el caso. En la extensión de la orilla alambrada de la manga que servía de nicho al oleoducto de la Gulf, se imponía un altísimo árbol de Guanacona. Una especie de guanábano gigantesco. Sus frutos eran, igual, gigantes y rosáceos, tupidos de una especie de "pezones" puntudos, su pulpa color zanahoria era suave, casi sedosa y con un sabor agridulce muy *sui generis.* Junto a éste, se alzaban algunos árboles tejidos en sus primeras ramas con un tupido y delgadísimo bejuco, era una planta parásita que mi padre llamaba "barba de chivo" y que mezclaba con la pulpa o masa del totumo, la sábila, una planta medicinal de patio llamada taspín y miel de panela. De tal mezcla, hervida en olla de barro con fuego de leña, resultaba un riquísimo *melao* contra la tos ferina.

Me acuerdo de nombres como Carmen Ucrós, una especie de matrona del sector; de Miguel Junieles, alguien de apellido Severiche, no sé

si Manuel del Cristo. Una familia de apellido
Sanctís. No puedo ubicar dónde vivía Simplicio
Cantillo. Pero estoy seguro de que existió. Pablo
Longuillos también fue real. Y estoy seguro que
también Vitalio Cervantes, Silvestre Santos,
alguien de apellido Ulloa y una familia de apellido
Aguas y otra de apellido Jaraba, todos ellos vivían
en la Esmeralda o en sus adyacencias.

Cerca, frente a la Ceiba ya nombrada, vivía un
señor algo gordiflón que puede ser alguno de los
personajes ya señalados. Tenía, mínimo, cinco
hijos. Tres se llamaban o eran llamados Chicho,
Nino y Silvito. No recuerdo si sus hermanos
mayores eran Luis Simón y Armando. Este
último era pacífico y conciliador, como buscando
el balance frente a Luis Simón, que era flaco,
ganchudo, parecido a Torombolo, el amigo de
Archie, el de la historieta o comic.

Luis Simón era quisquilloso, buscapleitos,
agresivo. Nos reuníamos, con mi hermano Isaías
y otros muchachos en los alrededores de la estatua
de la Virgen del Carmen, casi en el centro de la
plaza. Recuerdo que el parecido a Torombolo le

dejó caer un pescozón en la mollera, tan feroz como cruel, al hijo de una señora llamada Francisca Guerra, que vendía queso, creo. Allí estaba Carlos, hermano menor de la víctima. Carlos salió tras el agresor, lanzándole maldiciones en tanto trataba de alcanzarlo, y jurando que lo iba a matar. Nunca lo alcanzó.

La temporalidad de tales eventos puede ser identificada con la fecha de aparición de *"Anoche, anoche soñé contigo/ Soñé una cosa bonita/ Qué cosa maravillosa… /¡Ay cosita linda mamá!"*, canción de la orquesta de Pacho Galán que marcaba el ritmo en todo el Caribe colombiano, y cuyo estreno en Sincé corrió a cargo del picó (equipo de sonido) de un adelantado musical que mi padre contrató ¿en Magangué?, para celebrar el cumpleaños de una de sus hijas.

Fiesta en la que, si bien no hubo guachafita con sangre, sí cierto rifirrafe verbal… con ribetes políticos. Pues Amadeo, un chico hijo de un gamonal godo (ultraconservador), y entre los más violentos del entorno, era el enamorado de mi hermana Dolly. La cumplimentada. Y mi padre, que más que liberal era de la vertiente progresista de Rafael Uribe Uribe-López Pumarejo-Jorge Eliécer Gaitán, le pidió el favorcito de que abandonara el convivio merecumbero. El muchacho, que la estaba pasando super rico con mi hermana, se resistió, Dolly se puso a llorar y hubo que dejarlo así. Otro dato cronológico señalador, son los juguetes que repartió a los niños pobres de Colombia —y por supuesto de Sincé— el general Gustavo Rojas Pinilla, último dictador militar colombiano y acaso precursor de la llegada del plástico a mi patria chica.

Y recuerdo también la vez que un aerolito o piedrecita cósmica o "estrella fugaz" atravesó el cielo de Sincé, generando el pánico colectivo y el tañido repetitivo y nervioso de las campanas de la iglesia. Parecía que se iba a acabar el mundo, porque la plaza de la Esmeralda se atiborró de gente asustada y clamando perdón al Cielo. Los alrededores de la estatua de la Virgen del Carmen se llenaron de velas encendidas. Puedo acordarme de la algarabía y el temor ante el fin de todo como castigo divino. Mi padre, que era contestatario en muchas cosas y se iba siempre por la explicación cientifista de ciertos fenómenos, dijo que era un "satélite de los rusos" que se había desviado del rumbo.

Lo que llegó a oídos del cura, y lo que le granjeó a mister Garrido la inquina del representante del Vaticano en Sincé. Un cuarto de siglo después, ya en Barranquilla, y frente a un plato de mazamorra, la discusión conyugal se reavivó, pues mi madre seguía considerando el hecho una advertencia divina y mi padre respondió: "Fue sólo un antecesor experimental del Sputnik, querida. ¿Hay más mazamorra?".

Fue a mi madre a quien le escuché la mención de "Milán", un tipo (según ella, no era de Sincé) que se vestía de mujer y se maquillaba de lo más femenino para entrar en la corraleja a lidiar toros, durante las corridas de septiembre, en la celebración de las festividades de la Virgen del Socorro, la matrona celestial de Sincé. "Quedaba tan igualito a una mujer que hasta engañaba", abundaba mi madre cada vez que contaba la historia. Cuando mi padre le dijo que sin duda era un homosexual (¡maricón!, sentenció mi padre), o travesti, o fetichista, o las tres cosas a la vez, mi madre se limitó a contestarle: "Contigo sí que no se puede" y no volvió a tocar el tema delante de don Ascanio Felipe Garrido Romero.

Mis vivencias en La Esmeralda son las que más recuerdo. Como el jueguito de *"Estaba la Marisola, sentada en su vergel/ Abriendo una rosa y cerrando un clavel"* de mis hermanas Reinelda, Eda y Dolly, en la puerta de la casa de Damiana Valdovinos, nuestra bisabuela materna. Una viejita que se había vuelto chiquita de lo arrugada, que se la pasaba bebiendo leche hervida todo el día y dándole vueltas a una camándula. Me acuerdo que en un terraplén de la plaza había un árbol frondoso, no puedo precisar si era de tamarindo, de matarratón o de olivo. Más que todo era un amarradero de burros, incluyendo el de mi tío José, el hermano menor de mi madre, y quien una vez se encorajinó porque la noble bestia no se movía a su antojo y le dio una trompada en la frente. El burro no se dio por aludido, pero a mi tío se le astilló un hueso de la mano.

Y me acuerdo de Quiroz, al otro extremo del pueblo. Creo que Quiroz era un ladronzuelo, y puede que con algunos desajustes o desarreglos de conducta. A veces me pongo a pensar si no era más que todo un rebelde con causa por las palizas que, decía mi padre, le dejaban caer varios miembros de su familia. Dormía sobre las tumbas, como quiera que "su casa" estaba cerca del cementerio. Su vida, si es cierto lo de las palizas, bien puede considerarse de demasiado amarga y sin sentido. Un día se subió a un árbol, se amarró la punta de una soga en el pescuezo, ató la otra en una rama y se lanzó al vacío, ahorcándose.

No estoy seguro si alguna vez hubo una corrida de toros en la Plaza de La Cruz (ya que generalmente se realizaban —¿se realizan aún?— en la Plaza Principal). A veces pienso que sí. Pero otras veces concluyo que solo lo he imaginado. Recuerdo, que en una de las calles adyacentes de esa plaza, vivía mi tía Narcisa… con su hombre, Julio Gómez. Mi madre nos contaba en el corro familiar, que Julio se llevó a Narcisa el mismo día que la conoció. Mi tía tendría quince años cuando este caballero, arriba de los veinte, y por invitación de terceros, aterrizó en la casa de mamá Damiana, donde celebraban el bautismo, creo, que de mi hermano Aquiles, el segundo de una prole de 5 niños y 5 niñas con los apellidos Garrido-Enciso.

Al ver a Narcisa, parece que a Julio se olvidó del resto del mundo. Y en una pausa del convivio, se acercó a mi madre y le dijo: "Esta noche me voy a llevar a tu hermana". "Tú estás loco, Julito", le contestó mi madre y no le dio importancia a la cosa. Pero a la hora del recuento familiar, mi tía no estaba ni Julio tampoco. No preciso si fueron 10 o fueron 12 los hijos que cosecharon. Hasta que Julio, 40 años después, se fue a vivir con una chica de 22, creo que originaria de un pueblo del departamento del Cesar.

De la calle opuesta y adyacente a la Plaza de la Cruz, que daba directa al mercado, recuerdo a una familia de apellido Molina, con más mujeres que hombres y quienes, todas las tardes, preparaban una especie de fritití de papaya verde, berenjenas y huevos, como sustituto del arroz y la carne. Y según los comentarios de algunas vecinas comunes y amigas de mamá, las Molina raspaban el caldero de tal mixtura en la mitad del patio y haciendo bastante ruido, a fin de que el vecindario se enterara que habían cocinado arroz y estaban raspando el cucayo, o la pega. Cabe destacar que para esos tiempos, yo creo, o pienso, Sincé no producía arroz. Por lo que resultaba un artículo de lujo para la pobrecía. Obviamente, la burguesía o plutocracia sinceana podía llevarlo desde cualquier lugar de Colombia.

Hacia arriba, por la misma calle, y que desembocaba en la Plaza Principal, vivía una señora cuyo hijo se había ido para Panamá cuando los gringos nos quitaron esa porción de tierra y empezaron a construir el canal. Regresó casi 50 años después, y encontró a su madre viva, quien le hizo una fiestecita y mi mamá estuvo como invitada. Seguir subiendo es recordar la bocina o parlante tipo embudo en lo alto de una caña guadua o bambú, disparando rancheras de Tito Guizar y canciones de César Castro como… "De esa manera murió Rafael, y su hermano Pedro Soto/ Y la malvada de la mujer, a los cinco meses se casó con otro"; o algunas otras sin intérpretes recordables como "Me robaron el pantalón, camisa, zapato y media/ Y un sombrero pajarón, que he comprado pa´la fiesta".

Quizás una o dos cuadras arriba, doblando hacia la izquierda, encontramos a Carolina "la boca jonda". De ella me acuerdo en su físico y en su gestualidad. Lo de "jonda", sin duda hacía alusión a honda. Y se debía a que carecía de la totalidad de sus dientes en ambos maxilares, lo que le daba un aspecto facial como si le estuvieran chupando la boca desde adentro. Carolina era una mujer de baja estatura, con ojos de ratón, y con mucha chispa.

Se movía en el negocio de la yuca, el maíz, el ñame, la ahuyama, que si la batata. O sea, casi todo lo que genera la cosecha del agricultor de la zona. Compraba y vendía. Eso sí, tenía una balanza o peso, para comprar y otro para vender. Sin duda, en los pesos (balanzas) había alguna cantidad de más y de menos, respectivamente, que la favorecía. Su marido la ayudaba. En una ocasión Carolina fue a otro lugar en un viaje de negocios y dejó a su marido en la gerencia. Este, invirtió las balanzas en las operaciones.

Tras regresar, y pedir a su marido que le señalara con cuál peso compraba y con cuál vendía, supo la razón del bajón en la mercadería y en el dinero líquido. De allí no sé más, pues hasta ahí fue la conversación sobre el tema en la mesa, una vecina contaba, mi madre escuchaba, y algunos de sus hijos también. Entre ellos yo. No recuerdo si el clan de "las Montes" (supongo que varias hermanas… ¿solteronas?) que vendían "género", o sea, telas, tafetán, tela de galleta, organdí, satén, estaban en esa calle o en otra. Al final de la calle, de ¡esa calle!, ya estamos a una cuadra de la Plaza Principal donde, en la única casa de "cuatro aguas" y dos plantas o pisos, de Sincé, y propiedad de don Hortensio De la Ossa Romero y su esposa doña Bertha Redondo, vivieron el médico homeópata y fabulador exagerado originario de mi pueblo, Gabriel Eligio García Martínez, con su esposa doña Luisa Santiaga Márquez, padres de Gabriel Eligio García Márquez, mejor conocido —en todo el planeta— como Gabo... Por más señas: autor de la novela "Cien años de soledad" y quien, para entonces, pre-púber, habitó el aún erecto y hoy histórico caserón.

A la derecha de la calle que antecede a la Plaza Principal estaban, en la esquina, el mercado de piedra con su eterno vaho a salmuera, y en la otra acera, casi en diagonal, la sala de cine, que sólo proyectaba aquellas viejas películas del cine mexicano si el ruido de la bocina no perturbaba el sueño del cura. Por esa calle se llega en declive hasta La Bodega. De allí en subida —leve— hasta la plaza de la Esmeralda. De esa calle hay recuerdos de ambas épocas. Pero la época de mis años niños va desdibujando a la segunda de todo interés, al escribir sobre Sincé. No obstante, en ambas, subyace un vacío de recuerdos que mi memoria se obstina en ocultar.

Las imágenes regresan casi al llegar a La Bodega. Una señora que recuerdo haber visto en el ventorrillo de esquina de María Ucrós, confiesa frente a un corrillo de matronas del sector, que no puede dormir si no unta su lengua con ungüento Mentolín y se pone en ella un Mejoral hasta que la pastilla se disolviera. En esa misma cara de La Bodega, mediando la cuadra, creo que había una especie de "casa de citas", una especie de tomadero/metedero con ortofónica, ron gordolobo, ron ñeque y algunas chicas y no tan chicas, con oficio de pre-pagos en rebusque. En la otra esquina una señora llamada "Chon" Amel, que vendía queso y cuya hija, Bernabela, compitió para reina de

Sincé frente a una muchacha llamada Elisa De La Ossa Redondo (hija de don Hortensio y doña Bertha). Ganó mi prima. De regreso, en la otra orilla, y en diagonal a María Ucrós, recuerdo la bella casa de mi tío Andrés Enciso.

En realidad, tío de mi madre y hermano de Narciso Enciso, mi abuelo, el esposo de Amada Atencia, mi abuela. A papá Narzo, mi abuelo, lo recuerdo grandote. Fue un espécimen hecho para el trabajo fatigoso, un hombrón de bronce, sano y vital. Su misión en la vida consistió en: escuchar a mi abuela, hablar poco, engendrarle y ayudarle a criar creo que nueve hijos y hacer que de su "rosa" (siembra) brotaran unas cosechas casi de leyenda y cuyas viandas —sobre todo la rojísima y dulcísima patilla (sandía) y el melón aromoso— todavía me "aguan" la boca. La casa de mi abuela estaba, subiendo hacia la Esmeralda, en la misma acera de la de María Ucrós.

En la otra acera, pero más arriba, vivía Juana Funes, no puedo garantizar la remembranza de que era la enemiga favorita de mi abuela Amada, cuya estatura mediaba entre la del cantante brasilero Nelson Ned y la del compositor y cantante mexicano Armando Manzanero y cuya lengua era picosita *in extremis* para el comentario diversificado. Hay que regresar a la calle de "Chon" Amel, porque enfrente y en la esquina, en diagonal, vivió mi abuela paterna, doña Leonidas Romero. De Garrido en primeras nupcias y de De la Ossa en las segundas. Mi papá fue su único hijo, creo, en el enlace con don Sebastián Garrido, a quien mi padre recordaba como "Papá Chan". Del segundo señor, acaso, quedaron tres vástagos, entre ellos, don Hortensio.

Declaro que desconozco el nombre del señor De la Ossa. A mamá Leonidas la recuerdo bien matrona. Cabello negrísimo y largo, hasta la cintura; vestido enterizo hasta los tobillos, de fondo blanco con mariposas y pajaritos, pequeñitos y negros. Era una mujer de semblanza impasible tirando a grave, afectada sin duda por el hecho ingrato de una viudez repetida. La rememoro sentada en una mecedora de alto espaldar, esculpido con motivaciones florales. En esa "avenida" y hacia la Plaza Principal vivía Julio Fernández, mi padrino de bautismo, dicen que era turco. Tenía un camión, creo que rojo, cuando se le apagaba le tocaba encenderlo dándole manivela por delante. Y lo insultaba si el motor no arrancaba al primer o segundo intento, cuando al fin lo encendía le gritaba: "¡Chufla ahora hijueputa!".

Desde La Bodega y hacia la Esmeralda de la misma "avenida" vivía mi padrino de confirmación, don Manuel García, hacendado y ganadero… ¡Bien trabajador! Lo recuerdo con algo de ternura, no sé por qué. Más arriba, casi frente de la casa de mi padrino Manuel, recuerdo a un señor bastante delgado y siempre bien vestido, ¿Félix?, que ponía inyecciones *in situ* y a domicilio; tenía un radio grandísimo que mantenía encendido a bajísimo volumen. En la calle de atrás existía una señora que era la reina de las almojábanas, los piononos y otros dulces cuyos nombres no recuerdo. Ya en Barranquilla, escuché que esta dulcera jamás permitió que la vieran trabajar, llevándose su fórmula, única, a la tumba.

Me acuerdo de una señora Fatinisa, a la que vinculo facial y corporalmente con la Flaca Vitola (Fannie Kauffman), actriz comediante cubano- mexicana de origen canadiense, de tantas películas mexicanas en los años ´40 y ´50, del siglo pasado. Sé que algunas veces mencionaron frente a mí a un ¨doctor Merlano¨, médico. Pero nunca lo conocí. También me acuerdo de la *Mona Periquillo,* pelirroja ella. Y a quien, aún sin conocer, temía. Pues creía que era "La Viznuta", una bruja que atrapó mi tío Andrés Enciso (el hermano de papá Narzo) y dizque nunca pudo soltar, pues no sabía cómo hacerlo. En el recodo de una de las calles que desembocaba en la plaza de la Esmeralda, vivía Juan Ucrós, un señor de abdomen voluminoso, cuya casa amurallada con una cerca cuyo material no recuerdo, era un misterio, al menos para mí. De él decían que murió de tanto tomar agua.

De nuevo en la plaza de la Esmeralda, recordamos a Nazario, que tenía un kiosco en el que vendía peto caliente y avena helada. Creo que también arepas, empanadas y caribañolas. También en Barranquilla, me enteré que trasladó su negocio para la Plaza Principal, donde fue asesinado. No puedo precisar si con tiros, puñaladas, o de un navajazo. Hay otras calles que recuerdo, otros hechos, otros personajes que intuyo. Todo ello, todos ellos, como todo lo aquí enumerado y descrito, integran todo un sartal de hechos acontecidos que recuerdo y garantizo, no es algo onírico. Acaso, fluya un tanto deformado y con mucho color sepia de por medio. Pero, si sobran o faltan detalles y palabras sobre cada lugar, cada hecho, cada persona y cada cosa nombrada, agradezco sobremanera, si alguien, decide iniciar una exhaustiva investigación y establecer responsabilidades, caiga quien caiga.

Gifted

Linda Morales Caballero

Seis meses después, mis alumnos "F" se habían convertido en alumnos "A". Seguimos juntos por tres años. No todos asistían siempre pero cuando me necesitaban sabían dónde encontrarme.

Los jóvenes que conformaban la clase eran de secundaria, y participantes de un programa extra curri-
cular de inglés como segundo idioma en una escuela
de Queens. Todos eran inmigrantes al igual que yo.
Además todos estaban en la mira para ser incluidos
en programas de "Educación Especial" por consi-
derárseles con problemas de aprendizaje. Para mí era
un nuevo reto como maestra, además, como nunca fui
alumna de secundaria en Nueva York, no sabía en lo
que me metía y quizás por eso me atreví a intentarlo.

Aquella tarde, cuando llegué a dictar apenas
mi tercera clase, en la oficina me recordaron que si
tenía algún problema llamara a seguridad; lo cual me
hizo sospechar que mi integridad podía correr peligro. Al llegar al aula ya estaban los muchachos allí:
unos acostados en los sofás, las mesas patas arriba,
otra alumna llevaba y traía agua en vasos, para luego
anunciar -muerta de risa- que era del inodoro. En se-
guida, casi se agarraron a trompadas tres adolescentes
que querían jugar en una misma computadora. Sólo
el ponerme en medio de la riña -a riesgo de ser gol-
peada- impidió que dos hermanos peruanos y forni-
dos descalabraran a un frágil bangladesí. Fue entonces
cuando atravesé el aula para llegar al teléfono mientras
anunciaba: ¡No más! ¡Renuncio! Alguien preguntó:
¿Qué está haciendo? Llamo a la oficina para que les

manden a otra persona. Ya con el teléfono en la oreja y volteada para no ver qué más ocurría, la llamada se cortó.　Me giré para marcar nuevamente y vi algo inaudito: Tahmina, mi alumna iraní, con el dedo en el ganchillo. La ira no me permitía escuchar lo que ella decía, me sentía totalmente insultada. *¡No hagas eso! ¡Nunca más vuelvas a hacerlo!* Dije con una rabia que me cegaba y ensordecía. *Sí, pero es que queremos hablar con Ud.* decía ella, pero yo no le entendía. *Ok, ok decía ella, no lo haré más, pero escúchenos.* Me quedé desconcertada.

Aún temblando por la adrenalina volví a mi escritorio, me　senté y les dije: *está bien los escucho pero, sólo si ponen todo en orden.* Levantaron las mesas y se sentaron, aunque un varón intentó quedarse en un sofá: *da lo mismo, ¿cuál es la diferencia? Yo igual la escucho acostado, dijo* y rió. *Nooo,* contestaron todos. *¿No ves que la Miss va a conversar con nosotros?* añadió la avispada ecuatoriana, lo más seria que pudo. El del sofá se sentó pero, Diego, uno de los dos hermanos peruanos lo hizo sobre un archivador. *Está bien, ¿qué quieren?,* pregunté aún disgustada. *No queremos que se vaya* dijo la iraní. *Sííí, no queremos que se vaya,* repitió la ecuatoriana del agua; los varones callaban pero asentían con movimientos de cabeza. Sharif, el del conflicto con la computadora, miraba para otro lado.

¿Para qué? Pregunté con más desconcierto que enojo. Uds. *no quieren comportarse y yo no puedo enseñar en medio del caos. ¡No puedo ni pensar! La queremos*, me dijeron. *Quédese, por favor*. ¿Por qué yo? Si me voy les mandarán otro profesor. *El que teníamos antes, dormía toda la clase y no nos enseñaba nada,* dijeron. *Oh, sí, ¿recuerdas?* Se preguntaban una a la otra. Martina, una chica de Haití, ahogándose de la risa decía: ¡Miss! teníamos que despertarlo cuando veíamos venir al director. Síií, decían, recordando anécdotas compartidas y dándose las palmas con el consabido "give me five". *Un día, Jocelyn,* -la dominicana,- *tuvo que reventar los globos del chicle de su boca pero, como no despertaba,* añadió la iraní, *le reventé una bolsa plástica frente a la cara.* Todos celebraban. ¡Es que, además era sordo! decían riendo. Entre ellos, Rahman un pakistaní que quería dárselas de serio se ponía morado de aguantar la risa.

Bueno, ¡basta! ¿Lo reportaron? me imagino. Nooo, ¿para qué?, sólo dormía, y reían de nuevo. Diana, la del agua, ahora se atoraba mientras comía pop corn y hacía amago de limpiarse las manos en la camisa de la dominicana, que huía por toda el aula protegiéndose con sus compañeros como escudo. ¡Basta! dije, *¡Ya veo cómo piensan seguir comportán-*

dose! Nooo, protestaron volviendo cada uno a su sitio y dejando los manotazos, al menos por el momento. *Bien, explíquenme por qué se comportan tan mal.* Se miraron entre ellos como si yo hubiera dicho algo extraño. *¿Uds. podían comportarse así en sus países?* pregunté, sabiendo la respuesta para los latinoamericanos y sospechando la de los musulmanes. Nooo, dijeron rotundamente, como un rebaño que sabía muy bien de qué hablaba. *¿Por qué?* pregunté. Diana dijo: *en mi país me golpeaban con una regla. Sí*, dijeron la dominicana y la haitiana, asentía Tahmina. *Pero yo no lloraba Miss, me aguantaba duro, y más duro me daban*, añadía la ecuatoriana. Las otras le chocaban los cinco en apoyo a su valentía, me sentí sobrecogida. ¿Y a ti? pregunté al muchacho que seguía sobre el archivador. *En Perú me obligaban a hacer rana por todo el patio bajo el sol. ¿Y acá? Nooo, acá el profesor si lo hace se va a la cárcel,* y reía. ¿Y cómo es en tu país? pregunté a Rahman que había vuelto a su estado de serio mutismo. *Nos pegan con toallas mojadas* dijo muy serio. ¿Toallas mojadas? *Sí, para que duela más, y no deje marca. ¿Cómo así?* dije sin entender, y arrepentida de haber pedido explicaciones. Sin embargo, él parecía necesitar desahogase. Contaba su experiencia con detalles. Por lo visto había estado esperando que alguien le preguntara al respecto. *Nos pegaban en el torso desnudo, sólo entre hombres,*

añadió el pakistaní. Pude sentir su miedo ante la autoridad y su vergüenza. *¿Y así aprenden los muchachos?*
Pregunté cambiando un poco el tema. *Sí,* dijeron todos
a regañadientes, mientras mi mirada rodaba por sus
caras serias. *¿O sea que el castigo físico es bueno para
el aprendizaje...?*

Nooo, fue la respuesta unánime. Pero no supieron
elaborar el por qué. *Hace cuánto que estás acá,* le pregunté a Raúl, el otro hermano peruano. *Tres años,* me
dijo. *Mi hermano y yo hemos estado antes en otras
dos escuelas. ¿Y qué pasó?* pregunté. *Nos echaron por
trompearnos.* ¿Y por qué lo hicieron? *Es que uno no
se va a dejar maltratar, señorita,* me dijo. *¿Y quién
te maltrataba? Los otros alumnos. Les enseñamos a
respetarnos. Sí, y los echaron. ¡Qué bien! ¿verdad?*
Se quedó mudo. Vi que le disgustó mi ironía, estaba
lleno de resentimiento, sin embargo, recordé que hacía
unos minutos, tanto él como su hermano, se habían
contenido de golpear a Sharif por no golpearme a mí.

¿Y por qué se comportan mal acá? Porque acá
podemos, contestó Diego desde el archivador, jactán-
dose, ¡este es el país de la libertad! Sí, claro, dijeron
los otros. ¡Ah!, pero a Uds. entonces, no les conviene
la libertad, no les sirve para nada, no aprenden nada y
no dejan aprender a los demás. Y miré a la única niña

tranquila que había allí, Mayra, otra ecuatoriana que nunca supe qué hacía en la clase, hablaba y escribía en un inglés perfecto y su conducta era intachable. ¿Para qué les sirve esa libertad? Insistí al ver que se quedaban sin palabras.

Uds. dicen que les gusta la libertad, pero no la usan para nada bueno. ¿De qué les sirve? Una gran cantidad de los jóvenes que van a la Universidad en este país la dejan en los primeros semestres, porque su nivel académico es tan pobre que no pueden con ella. Además, tanto Uds. como yo, somos extranjeros, ¿no les parece que tenemos la responsabilidad de dar un buen ejemplo? Pero a veces no se puede Señorita, añadió Diego, *porque no nos respetan y no nos quieren acá. Menos los querrán si le andan pegando a todo el mundo. Yo les estoy invitando a hacer una diferencia y hace unos minutos casi se agarran a golpes en mi propia clase. Pero es que éste nos desenchufó la computadora. Y Uds. estaban usando la computadora durante **mi** clase, quieres decir ¿que yo también tendría derecho de agarrarlos a golpes? No, Miss pero él... La única que dice qué se hace en **mi** clase soy yo,* dije enfáticamente.

Está bien, añadí mirándolos uno a uno. *Me quedo si aceptan mis reglas: orden, y juegos en inglés de es-*

critura, lectura y gramática. ¡Ay! No, Miss la gramática es horrible. Sí, sí decían todos, y escribir es aburrido. *¿Entonces qué creen que les voy a enseñar? ¡Ay! no sé... inglés, pero sin gramática,* decía Jocelyn. *Sí, eso, nos pone a leer y a conversar como hoy*, decía Diana. *Claro*, decían los otros. *Soy yo quien decide qué se hace en mi clase.* Mayra, la buena alumna, sonreía callada, madura para su edad. *Lo único que les estoy pidiendo es que juguemos y la pasarán muy bien. Pero hay que aprender muchas reglas y...* decían protestando. *Sí, las reglas del juego, como en todo juego para poder jugar,* añadí. *¡Buenooo...!* Suspiraron aceptando y dándose por vencidos.

Además: no computadora, no chicles, no agua, no se voltean las mesas, no se acuestan en los sofás.... Eran tantos "noes" y tanta la sensación de resistencia, que no sabía si debía continuar allí o salir corriendo, pero estaba segura que todos sentíamos lo mismo: ¡algo había cambiado y no tenía marcha atrás!

Seis meses después, mis alumnos "F" se habían convertido en alumnos "A". Seguimos juntos por tres años. No todos asistían siempre pero cuando me necesitaban sabían dónde encontrarme. Otros nuevos alumnos de muchas nacionalidades, se fueron sumando al *ESL Café*, como fue bautizada la clase sin que yo lo supiera. Algo encontraban allí los chicos que cuando asistían no querían que la clase terminara. El director mostraba nuestro disciplinado y divertido grupo cada que nos visitaban del Departamento de Educación, porque me consideraba "gifted", según decía en las cartas que mandaba a los padres para que enviaran a sus hijos a la clase.

La última vez que vi a Sharif, estaba cantando, bailando y actuando en una obra de Broadway que vino a hacer una residencia en nuestra escuela. Poco tiempo después encontré a otros alumnos por los corredores de la universidad donde también trabajé, entre ellos estaba Rahman. Ninguno fue al programa de "Educación Especial". El tiempo confirmó que lo que sea que hice en el programa funcionó. Sin embargo, yo no habría logrado nada si mis estudiantes no me hubieran impedido irme ese tercer día de clase. Hasta hoy no sé que vieron en mí de especial. No me queda claro por qué me eligieron. Definitivamente ellos sabían algo que yo no sabía. Aún ahora después de tantos años sigo sorprendida ante su intuición y convencida de que los especiales y talentosos: los verdaderamente "gifted", eran ellos.

Secretos de un célebre asador

Álvaro Morales Collazo

Gran éxito, toda una sensación. Aplausos agrupan vecinos como perros por las sobras en la calle y hasta en la vereda.

Siempre he intentado guardar maderas de las obras, sobre todo la última vez con la reforma de la cocina. Pensé primero en guardarlas para el verano, pero luego mis expectativas decrecieron sensiblemente ante la cercanía de dos próximos asados y del cumpleaños del nene más chico de mi hermana a fin de mes. Bien podría haber comprado leña común y corriente y hacer un asado como cualquier otro, pero el problema de la omnipresencia de algún familiar y sus referencias dadivosas hacia la ocasión anterior y del sabor especial de la carne y del buen vino, hacían que los asados en la casa de afuera se convirtieran en la excusa para cualquier reencuentro familiar. Las peleas no duraban más de dos fines de semana y siempre terminaban con emotivas reconciliaciones y rompedero de estómago en la parrilla y después siesta porque si se tira al agua se hunde. La tía Raquel le lanzó con un hueso de pollo a la cuñada de Arturito un viernes por la noche con la panza llena, el sábado de mañana lavaban la lechuga y el tomate juntas, ambas con sus respectivos puchos en la boca, y de noche iban al casino y perdían cuatrocientos pesos en una maquinita como quién no sabe nada acerca del dinero.

Así los asados se hicieron populares. Primero con los familiares. Llegaban sin previo aviso y si uno no iba un fin de semana, te ofrecían pagar los gastos con tal de que fueras, cosa rara en una familia históricamente identificada con la tacañería. Después empezaron a invitar a vecinos del barrio. Así, me encontré en un momento en una situación en la que el peluquero no me cobra más si voy una vez por mes y si lo invito a los asados en un número igual de veces; el carnicero me selecciona los cortes y es el primero en llegar, pone los pies en la mesita chica y prende la televisión, después se lleva huesos para los perros.

Claro que la madera de obra no me iba a durar para siempre, ya había usado la de todo el balneario y mis reservas mermaban dramáticamente. Recuerdo que en un momento tuve dos pensamientos bastante contrarios. Por un lado, si se me acababa la madera de obra, de alguna forma volvería a ser libre; por el otro, si esto ocurría, me vería enfrentado a una seria posibilidad de linchamiento por parte de mis familiares, vecinos y personas allegadas.

La última cena esperé lo mejor. Deberían entender: "no tengo más madera...", la magia se terminó. Fueron llenando la casa con abrazos de película de mafia italiana y elogios desmedidos hacia el buen asado de tira hecho a las brasas, único en la región y en el mundo.

Esa noche un amigo de mi medio hermano invitó a dos tipos de traje que miraban todo con mucha cara de culo. Yo pensé: dios mío, se van a creer que estoy lucrando y me van a querer poner algún impuesto o algo así. Pero mi inquietud duraría muy poco. Al final, resultaron ser dos empresarios y sus intereses estaban dirigidos a la apertura de un local en la Barra para la temporada. Me lo cuentan muy así, muy impersonal y yo no me muestro sorprendido, les cuento que yo estoy por comprar una botella de ginebra que juran permanece llena durante veinticuatro horas a pesar de que uno tome de ella durante todo este tiempo y se ríen, también como si no estuvieran ahí. Yo hago el asado; es el último, después que se vaya todo el mundo el carajo.

Ahora, qué resulta. Gran éxito, toda una sensación. Aplausos agrupan vecinos como perros por las sobras en la calle y hasta en la vereda. En esos momentos lamento no haber comprado aquel Rottweiler ciego que me ofreció la nieta de Carmencita. Resulta que los dos tipos quedan fascinados. Uno de ellos no puede evitar se evidencie su emoción pues las lágrimas le resbalan por las mejillas debajo de los lentes negros. El otro me abraza y dice que durante un momento de la cena y con un pedazo de carne en la boca, se comunicó con su padre muerto hace décadas y tuvo una conversación de quince minutos que le serviría para enfrentar el resto de porquería que llamaba vida. Una señora no se atreve a levantarse de la silla, se ha orinado mientras comía y un caballero debió ser retirado por la fuerza pues amenazaba encadenarse al sillón del comedor para ser servido por siempre.

Lo que ocurrió a partir de este momento fue bastante curioso. Yo ya no podía enfrentar la demanda sólo, era demasiado. De modo que confié el secreto del asado a Jimena, la nieta del finado Antúnez, que en paz descanse hombre desentendido de la porquería, por supuesto luego de pedirle casamiento tras recordarle lo prospero que era el oficio de asador en las circunstancias que a favor nuestro habían coincidido. Ella tuvo una ocurrencia brillante cuando a los dos meses del último asado las llamadas de los allegados se volvían insoportables. Pondríamos portland en el fuego para reproducir el efecto de la madera de obra, sabor particular que en realidad era el gran secreto, clave de todo el negocio. Yo deseché la idea. El sabor nunca sería lo mismo y no estábamos para cambios drásticos y de carácter meramente experimental en el momento. Por otro lado, hacía tiempo yo había captado la sutil diferencia de sabor que producía la variación del tiempo que llevaba la mezcla pegada a la madera. De alguna forma ésta absorbía ciertas propiedades químicas del portland en el correr del tiempo y al quemarse producía el sabor tal particular pero tan característico. De modo que tomamos una alternativa. Anunciamos el próximo asado para principio del siguiente mes y gran sacudida en la familia. Todos quieren venir. Me proponen poner un toldo que cubra todo el fondo y me recomiendan a un hombre que a cambio de acudir prestaría catorce mesas para ocho personas cada una con sus respectivas sillas. Otro ofrece agua en sifón gratis para todos los comensales a cambio de que use una gorrita con la marca de la empresa mientras preparo el fuego y sazono la carne. Ofrecemos tres platos diferentes. Achuras sazonadas al limón (con brasa ordinaria de leña de monte), pollo asado con manteca y limón (he observado que la caña común y corriente produce una brasa que dura muy poco encendida y que despide poco calor pero que da un muy particular sabor a la carne para lo cual tanto el pollo como el pescado parecen platos satisfactorios para prepararlos con este procedimiento) y luego el asado de tira nomás, hecho por supuesto en el más sagrado secreto con madera de obra especialmente preparada por mí mismo. Eso era lo que planeaba hacer. Ante la vista de que la demanda me iba a sobrepasar y viendo una buena oportunidad de financiar el acontecimiento, anuncié que cobraría una módica entrada, cosa que para mí sorpresa sólo eliminó a los más indeseables de los potenciales comensales (muchos de ellos familiares).

Compramos seis bolsas de portland y construimos un inmenso patio que aún existe en la actualidad en tan sólo dos días en el fondo de casa. Trabajamos turnos de veinte horas y lo hicimos todo con buena madera de pino, a pesar de que la gravedad hubiera nivelado igual el cemento. Un mes después la fiesta fue impresionante. En el medio una periodista de una revista llamada "Buena Vida" me hace una entrevista y al otro día llaman veinte personas que ofrecen más plata cuando les decimos que no hay proyectadas otras comidas. En ese momento aceptamos la propuesta del restaurante en la Barra con varios requisitos específicos. Creamos una cartera de clientes. Sólo Jimena y yo mismo tendríamos acceso a la madera así como al fuego, la braza o los condimentos. A esa altura ya estaba claro que el sabor particular del asado no era una casualidad o una "cuestión de tacto". Descartamos la primera noche a dos cocineros por resultarnos potencialmente fisgones y a otros dos los sometimos a estricta vigilancia.

Por este entonces ya habíamos construido un segundo patio sobre el primero y le decíamos a los conocidos que estábamos por hacer una cancha de paddle ahí arriba pero que justo cuando nos disponíamos a comprar la red el deporte pasó de moda y que ahora a veces jugamos al frontón aunque en el momento toda pelotita se ha extraviado. En el garaje hice una modesta bodega casera en la que cosecho mis maderas de obra con sepas de diferente tipo. Así, pronto el programa de televisión "Cocinamos" pidió hacer un piloto en vivo desde el local. Esto se debía a la gran variedad de carnes que habíamos desarrollado y al éxito que habían tenido hasta el punto de que el asado de tira se transformó en el plato principal, punto culminante de una lista de platos exquisitos. Carne hecha con madera de obra con la mezcla pegada desde hace un mes, desde hace una semana, con la mezcla con liquido antihumedad, variaciones en la composición de la arena e incluso del pedregullo; maderas curadas con querosén, laca, barnizadas y hasta con pintura sintética; apolilladas, de pino, eucalipto, pinotea y alternativas sorprendentes como leña de monte curada con thiner y sumergida en una capa fina de mezcla sin pedregullo como para revoque, dejada descansar diez días y encendidas sin usar diario, tan sólo con piñas de pino y pinocha. Los chinchulines y las mollejas preparadas con esta última madera producen exclamaciones de lujuria y de placer que han hecho que por pudor estos platos dejen de ser un aperitivo antes de la comida para serlo antes del postre ya entrada en horas la noche y sin criaturas presentes.

Pronto teníamos tanto dinero que no podíamos disimularlo. Por otro lado, consideramos con Jimena que merecíamos un descanso, unas vacaciones excepcionales para los excepcionales trabajadores que habíamos sido. De esta forma el secreto debía de ampliarse, debíamos aumentar el número en los conocedores del mismo. Fue entonces que mi mujer tuvo otra idea genial: Carbón.

Intentaré ser lo más resumido posible. El padrino del hermano del medio de Jimena tenía un conocido que trabajaba en la construcción. Hacía un tiempo había dicho en una cena, en una especie de estertor clásico producto de la mezcla de asado y vino, que esperaba poder vender la compañía por la ruina que le había producido la prolongada baja financiera, comentario que en el momento no hizo ninguna mella. Agarré a Mateo y le dije: ¿Querés ser dueño de una empresa de construcción? Él salió a papá y no es ningún tarado, dijo al instante que sí. Compré dos camiones y agarré a Andrea, la mujer del lento de Antoñito. ¿Querés tener una empresa de flete y de transporte de material de construcción? ¿Sí? Bueno, llevás madera de obra de acá hasta acá, tal día a tal hora, te pago tanto, dentro de dos años los camiones son tuyos y de tu marido y los trabajos que hagas por fuera son cosa tuya. Me trasladé hasta el lado viejo de la ruta y compré una panadería que se encontraba fundida desde hacía quince años, adapté el horno y puse a cargo a mí cuñado, ave rapaz que no me defraudaría pero en quien no podía depositar desmedida confianza. Para el transporte del carbón hasta el local puse a cargo a dos tipos que ya había contratado en otras ocasiones para tareas más discretas. Dimos un curso rápido de cocina en tres meses y después ya teníamos cocineros que nos podían suplantar sin demasiadas deficiencias. La diferencia de sabor que produciría el carbón se podría achacar a ese mítico tacto del que tanto se empeñan por achacarme.

Como usted ya adivinará las vacaciones duraron casi un año y hubieran durado aún más si no fuera porque el negocio familiar se estaba descontrolando. Noticias alarmantes acudieron a nuestros oídos en una deshecha cama de hotel en Mallorca con la champagne recién abierta desde el cómplice televisor que por costumbre aún estaba encendido. La noticia había trascendido no sólo los confines del balneario, sino también los de nuestro pequeño y en cierto sentido apartado país y se transmitían en este momento, por ejemplo, por televisión española en vivo y en directo. En el avión procuré una pequeña pantalla portátil y escruté los medios internacionales. La principal noticia financiera de CNN en español empieza así: Fenómeno financiero en pequeño país de América del Sur y yo apago la televisión. Dios mío, qué he hecho. Adivino que el titular es sensacionalista. Lo que más me inquieta es que esas noticias siempre terminan en las pesquisas de las autoridades, cuestión que parece pasar desapercibida porque no es titular.

No pude evitar ponerme nervioso cuando al llegar y al abrirse la puerta del avión una comitiva con banda militar incluida, sonando y todo, me recibe con felicitaciones, me suben a un estrado, abajo hasta la prensa deportiva, me nombran ciudadano ilustre y se quedan esperando que diga algo así como lo que esperan escuchar, como si quisieran formar parte de la película de ficción en la que se ha convertido mi vida. Yo los satisfago. Hablo del esfuerzo del simple trabajador y de que con ingenio siempre se llega. De las ganas de vivir y del rebusque del uruguayo promedio; mecho con eso la idea del patriotismo, de que nos van a conocer en el mundo por algo más que por el fútbol y entonces, en un momento de paroxismo nombro Maracaná y me interrumpen en disparatados aplausos e imprecaciones cercanas a la tos. Capto en un segundo que estoy manejando a esa masa, esa masa que luego se expandirá como una plaga y eso me da una leve perspectiva del poder inherente a cada palabra que salga de mi boca, por lo que empiezo a manejar todo con fría certeza. Debo decir que nunca fui ambicioso, pero en ese momento el poder me infló el saco. Todo ocurrió de una forma inesperada. Inés y Roberto, los cocineros suplentes, habían puesto la maquinaria a funcionar al comenzar a hacer hamburguesas y a cocinarlas con nuestro carbón. El nombre y el prestigio que ya poseía la marca hicieron el resto. A mi regreso Marcos era dueño de la empaquetadora, Carlos de la empresa encargada del procesamiento de la carne y del armado, Inés de la sección de personal y de los cuatro locales céntricos y Roberto de la distribuidora y de los otros dos locales. Sólo dos establecimientos de venta de hamburguesas no eran nuestros en la ciudad y hacía tiempo que las marcas norteamericanas se habían retirado al otro lado del charco, a donde aún no nos habíamos trasladado. Tres puestos en la Ciudad Vieja vendían un plato curioso llamado Tinsu que deleitaba a los numerosos inmigrantes asiáticos de la zona y constituía un verdadero nuevo y excitante negocio. Andrea, la mujer de Robertito le había dejado la empresa de transporte a su marido (la cual se había convertido en una flota comercial de 44 coches), y se había encargado de promocionar el Tinsu como la exótica carne de un ave en vías de extinción procedente del noreste de Turkestán. Lo ingenioso de todo esto es que las aves eran en realidad palomas y no procedían de un lugar más lejano que la Plaza del Entrevero. De la recolección de los animalitos se encargaban los primos de Andrea, esos vagos que nunca imaginaron terminar trabajando en algo como eso y que miraban las jaulas como con melancolía. Teníamos tres distribuidoras de peso y nos encargábamos de veintitrés productos que en realidad nosotros no producíamos.

La demanda de carbón se vio intensificada notoriamente a pesar de rechazar ofertas millonarias para venderlo directamente. De esta forma la empresa de construcción de Mateo había monopolizado el mercado y éste se había caído por lo que daba cuantiosas pérdidas que eran financiadas con las ganancias impresionantes de las otras alas de la empresa. En otras palabras, Mateo construía sin que le pidieran que lo hiciera. Había ganado la licitación para un puente de dos vías sobre el río Santa Lucía y había hecho uno de ocho por lo que tenía la concesión por cuarenta años del cuarenta y seis por ciento de las ganancias del primer peaje de la ruta 1. Un estadio en Durazno para 25.000 personas llevaba su nombre y era dueño del pase de un centenar de jugadores, además de que dirigía un club en el fútbol del interior y traía cuadros brasileros y argentinos a jugar pequeños torneos con los grandes en el verano. Había hecho otros seis estadios más chicos en diferentes departamentos y era una persona distinguida del deporte uruguayo al que ya le habían ofrecido la presidencia de la Asociación, posibilidad que declinó para hacerle un estadio a Waston y volcarse al basquetbol, tarea a la que estaba completamente dedicado a los momentos de mi llegada. Todo esto por la madera de obra y por el carbón, la piedra fundamental de nuestro imperio, el secreto que tan bien había guardado. Esto sólo había podido ocurrir de una forma: mis familiares acataron mis órdenes al pie de la letra. Cada uno en su ramo hizo lo mejor posible y se aprovechó de las facilidades que yo le había dado para llevar su propia actividad a un límite insospechado. A mí llegada, se prosternaron como ante una autoridad medieval, me trajeron todos los números, las cifras contables, balances y demás menesteres concernientes al manejo legal de una mega empresa, casi como pidiendo perdón y esperando la represalia. Yo no presté mucha atención intentando mantener esa situación de inesperado respeto tal cual estaba.

Alcé mi vista y decidí que era hora de darle un cauce adecuado a todo el asunto. Era hora de abrirnos aún más, y por otro lado separarnos. Primera e imprescindible decisión: corporación, bienes separados generan más intereses y son más fáciles de manejar. Segunda decisión: gerenciamiento, responsabilidades compartidas pero separadas alivian la carga del poder central. Tercer paso: Cruzar el charco. Y no sólo eso. Cruzar todos los charcos, volverse multinacional.

No podía mover a Mateo por lo que mi primo

Andrés debería ir a Buenos Aires, la publicidad y la campaña, típicamente arrasadora por los bajos precios sin ninguna relación con la alta calidad del producto, la haríamos desde aquí mismo y como en los viejos tiempos. El sobrino de Carmencita se ofreció para hacer sede en Asunción porque ya tenía negocios allá y yo dije, ma sí, total. Y cuando quise acordar nos faltaba Bolivia porque no se había dado, nada más. Cuando a principios de año abrimos catorce locales de hamburguesas en Panamá y la junta ascendía a ochenta miembros, transformé mi cincuenta y dos por ciento y pareció que me quedaba con nada. De esta forma todo el mundo creyó que me alejaba de los negocios. ¿Qué ira a hacer ahora este loco? ¿Va a volver a los asados? ¿Y qué hizo? Algo muy meditado. Dediqué los dos años siguientes a dar clases y conferencias de Economía y Macroempresas en diferentes Institutos y Universidades del mundo, donando las cuantiosas sumas que me pagaban por ello a diversas instituciones benéficas. ¿Qué haré a continuación? ¿Cómo saberlo? Sólo sé que he vuelto al país y que tengo ofertas de dar conferencias gratuitas aquí.

Por otro lado he comenzado a ir a los mítines de un pequeño partido de oposición y mi presencia ha provocado una algarabía tremendamente compartida. Después de esto..., nada, o tal vez todo, quién sabe.

Nostalgia
¿Por qué saliste de Cuba?

Armando G. Muñoz

...Al final extraño tanto, que no se, si siento un inmenso, un gigantesco gorrión sobre mis hombros o simplemente lo que percibo es nostalgia.

Las razones le sobran a muchos nacidos en la isla para escapar del infierno fidelista, en los inicios los cubanos salían por su ideología y participación, pertenecían o de alguna forma estaban identificados con el gobierno de Batista. Con la llegada de los barbudos a La Habana, para muchos los jóvenes héroes salvadores de "tanto mal", para otros Los Cuatro Jinetes del Apocalipsis, su líder y compañeros vestían de verde olivo, el color de la paz, sugería estabilidad y resistencia, al cuello llevaba el santo rosario, consigo las veinte promesas de quienes lleven el Rosario, *"ir hasta el hijo de María, ser ayudados en sus empresas, amarán la palabra y no serán esclavos, no perderían la modestia, tendrían paz en su vida diaria"*, mentían, el Rosario escondía sus verdaderas intenciones, el rosario quemaba su pecho, de mensajero del mal de Lucifer, luego él mismo lo cambiaría por las tres principales armas de Satanás, *"el pecado, las acusaciones y los bastiones"*.

Habían cambiado sus cabalgaduras por tanques de guerra y armados con ametralladoras y cañones, después, tras ellos y su entrada triunfal llegaría el hambre, la miseria, con ellos llegaron los juicios sumarios en la Ciudad Deportiva y los fusilamientos dirigidos por el Che en La Cabaña, muchos temieron por sus vidas, buscaron en el exilio la salvación.

Otros tuvieron la suficiente lucidez en su pensamiento, fueron capaces de apreciar, en la distancia, ver el futuro y entender, la mejor de las opciones era irse, irse de Cuba, alejarse de esta locura en ciernes, dejar atrás todo e intentar comenzar lejos de su isla cautiva, a pesar de ser la tendencia general, que la revolución duraba poco, era cuestión de meses, los americanos no aceptarían el comunismo a 90 millas de sus costas, invadirían y siendo el fin de Fidel. Las salidas en embarcaciones de los cubanos hacia el norte comenzaría el mismo primero de enero de 1959, este éxodo duraría hasta 1962, cientos de cubanos se lanzan al mar buscando una oportunidad para ellos y sus familias.

A la par de las salidas clandestinas, por la que de ser capturado podías cumplir una sanción de dos a cinco años de privación de libertad, los dos países negociarían buscando conseguir organizar y controlar el éxodo cubano. El 26 de diciembre de 1960 comenzaría la "Operación Peter Pan", ante el temor de perder la patria potestad sobre sus hijos, los padres cubanos enviarían a más de 14 mil niños hacia los Estados Unidos saldrían por esta vía acompañados por la iglesia y Dios, solos, sin sus padres, algunas familias nunca lograrían reunirse de nuevo. Duraría hasta el 23 de octubre de 1962.

El éxodo por el puerto de Camarioca (octubrediciembre 1965, nombrado el éxodo de los pequeños burgueses). Consecuentes del peligro de la navegación en el Estrecho de la Florida, los dos gobiernos acuerdan "Los vuelos de la Libertad", un puente aéreo que duraría hasta 1974, con la salida de más de 250 mil ciudadanos, el mayor éxodo de la isla, solo comparado con el éxodo de los judíos huyendo de la Europa Nazi. Los cubanos continuarían saliendo de la isla por el mar, por la maldita frontera marítima, buscando fuera de su tierra lo que el nuevo sistema les negaba, como diría Virgilio Piñera, *"La maldita circunstancia del agua por todas partes"*.

Las puertas se abrían y cerraban, los gobiernos jugaban con las necesidades del pueblo, con las ansias, con los sueños, los cubanos buscaban la única alternativa que tenían en sus manos, el mar, por cada puerta cerrada, alguien buscaba en el mar la salida, la huida, la escapada, el mar desde 1959 se convirtió en la ruta de salida, los primeros fueron los perseguidos, los que sabían tenían su vida en peligro, les siguieron cientos de cubanos, hasta la el éxodo masivo de Camarioca en

1965, al cerrarse esta puerta, continuarían las salidas marítimas, nunca se han terminado, luego vendrían otros éxodos masivos, Mariel en 1980, el maleconazo que traería a la postre, el éxodo de los balseros en 1994, hoy continúan llegando balseros no solamente al sur de la Florida, otros puertos se incluyen en el destino de los cubanos, se ha vuelto común la llegada de las rústicas embarcaciones a México, Honduras, Panamá, Gran Caimán, Bahamas, Haití, Islas Vírgenes, etc.

Las salidas marítimas han dejado miles de muertos, muchos cubanos se han perdidos en el mar, sirviendo de alimento para los tiburones. Nunca se sabrá la cifra exacta de los muertos en el mar, madres desesperadas llevando a sus hijos pequeños en frágiles embarcaciones, no olvidemos a la madre de Elián, murió en el intento de sacar a su hijo del paraíso revolucionario, hacia el imperio capitalista.

¿Están locos los cubanos? dejar un país tan hermoso como es Cuba, donde la medicina y los estudios son gratis, donde la revolución ha conseguido la igualdad de todos los ciudadanos. Sí, están locos, lo gratis que te da el estado te lo cobra con un precio muy alto, la educación es gratis, pero dirigida, obligan a tus hijos a estudiar las mentiras del marxismo, los beneficios del sistema socialista, niegan la familia, no hablan de libertad, de Dios, del bien, desde pequeños cercenan las ideas de los niños convirtiéndolos en sus ovejas, en animales amaestrados. Es cierto, ha logrado la igualdad de todos los cubanos, todos son pobres, todos perdieron los sueños y las aspiraciones, todos no, ellos, los jerarcas del régimen, los cercanos al viejo y decrepito sistema viven mejor que los antiguos burgueses cubanos.

Era práctica común las lanchas torpederas del régimen ametrallaran y embistieran las naves de sus compatriotas, desde los helicópteros se lanzaban sacos de arena para hundir las lanchas sin piedad. Es criminal, un gobierno no sea capaz de hacer feliz a su pueblo y antes su incapacidad prefiera matarlos, asesinarlos por sus absurdos ideales. Deben escuchar a José Martí, el apóstol de la independencia cubana, el mismo Martí, que ellos culparon de ser el autor intelectual del asalto al Cuartel Moncada dijo: "Cuando los pueblos emigran, los gobernantes sobran", este Martí debe ser un agente de la mafia cubana de Miami.

El gobierno fue capaz de hundir el remolcador "13 de marzo", no le importo asesinar a 37 hijos de

Cuba incluyendo a niños, son criminales, realizaron la matanza del Rio Canimar, mataron y continúan matando a quienes prefieren escapar.

Irse de Cuba se convirtió en una necesidad, no sólo por el hambre, por las penurias, irse de la isla es la consecución de los sueños, es respirar, es libertad, salir de Cuba es la única forma de saber que significa la libertad.

A la par de los viajes hacia el norte, los cubanos encontraban nuevas vías, España se convirtió en un refugio para muchos en los inicios, por diferentes circunstancias otros viajarían y se asentarían en Centro America, en Guatemala, El Salvador, Nicaragua, Costa Rica, Panamá serían el nuevo hogar para muchos.

En los viaje al extranjero de funcionarios del régimen, alguno perdía la brújula y no regresaba, junto a ellos músicos, artistas, escritores. Una vía, sólo se necesitaba un camino de salida y se perdía la ruta de regreso. Los cubanos fueron y son los nuevos judíos, hoy habitan en lugares impensables, en Las Americas viven desde Alaska hasta el cono sur, incluyendo Haití, República Dominicana, Puerto Rico y las islas de las

Antillas Menores. En toda la geografía europea encontrarás un nacido en la mayor de las Antillas, Turquía, Islandia, Rusia, Alemania, Bosnia, Grecia, Albania, muchos hicieron el camino de regreso, no hecho por sus abuelos y viven en la tierra prometida de Israel.

Tienen una floreciente comunidad en Australia, en África no faltan, somos como las hormigas, si una persona encuentra un camino para salir de Cuba, muy pronto otros usarán esa misma vía de escape, si lo dudan, pregunten en Ecuador. Como me repite alguien a quien quiero mucho, "Los cubanos son una plaga, están en cualquier lugar".

Entonces ahora entenderás, las razones para salir de la isla no importan, mucho menos el destino, lo importante es salir en un viaje hacia lo desconocido, en un viaje del cual muchas veces no existe retorno, creo si alguien necesita astronautas o cosmonautas para viajar al confín del universo debe visitar Cuba, allí encontrará ciento de miles de candidatos a los cuales no les importará regresar, ni las condiciones de vida, les importará sólo encontrar una atajo de escape del paraíso revolucionario o mejor dicho, de la monarquía caribeña implantada por los Castro.

No fui de los primeros, tampoco de los segundos, lo logré un poco tarde para mis deseos, siempre quise salir, demoré mucho, al final salí, se de muchos que lo ansiaban y nunca lo lograron. En una gaveta quedó guardado como reliquia mi pasaporte visado como Pedro Pan, quiso el destino y los deseos de mi abuela me quedara en la isla, lo intenté muchas veces, poco antes de la Embajada del Perú preparaba con algunos amigos una salida ilegal, recorrimos presas buscando donde conseguir una embarcación, algo que flotara y nos sacara del infierno, con los sucesos de la embajada ellos lograron irse, en ese tiempo era desertor del ejército, no lo intenté, sabía perfectamente, no me permitirían salir y terminaría preso, un ex compañero de escuela de apellido Otaño cumplió cuatro años por intentarlo, fue acusado de traición a la patria, ¿nosotros seríamos los traidores o sería Fidel quien traicionó a la revolución y a sus compañeros de lucha, a todos los muertos junto a él por llevarlo al poder?

Después de terminar el ejército lo intente nuevamente, en la lista de países a los que volteé mis ojos está México en 1983 y 2002, España, también en dos ocasiones, 1992 y 1995, Rusia, con escala en España y quedarme en Barajas, Italia en 1996. Había desistido, pensaba, mí sino era morir en la isla, sin poder ver que existía fuera de las fronteras marítimas de Cuba, al final el destino me liberó y concedió la oportunidad, logré viajar al norte revuelto y brutal en el año 2006. Entendí las palabras de Martí cuando escribió a su amigo Manuel Mercado, "Viví en el monstruo y como se extraña".

Salir de Cuba significó mucho para mí, fue mi primer viaje en avión, tenía 48 años y desconocía lo que significaba volar, fue mi primer viaje al extranjero, la isla la recorrí hasta Las Tunas en el oriente y en occidente casi todo Pinar del Río, conocí muchos pueblos de la isla, hermosos sitios escondidos de la geografía de un país al que quizás jamás regrese, nunca llegué a visitar la cuna de la involución.

La llegada a Miami pudo ser traumática, ver desde el aire la ciudad, las autopistas, los incontables automóviles en movimiento me hizo pensar, "aquí no podré manejar nunca". Lo logré, manejé en Miami, he manejado cuatro veces la ruta Miami-Nueva Jersey, y luego manejé hasta las Cataratas del Niágara, he manejado infinidad de millas y las que aún me faltan, si el destino no se opone. Salí de Cuba y descubrí otro mundo, viajé a Colombia, visité Bahamas en un crucero, tampoco había montado un barco antes, nunca había estado en alta mar, no había sido marino, así que llegar a la unión americana significó para mí el hacer muchas cosas de las que antes nunca hice.

Salí de Cuba por mis ansias de saber que existe fuera de las cercas, por ver la luz fuera del túnel y lograr ser yo mismo, sacar a flote el yo oculto por 48 años dentro de mi país.

¿Como te sientes por estos nueve años vividos en el exilio? me pregunto, no niego en Cuba tuve y viví mi juventud, disfruté intensamente, dentro de las limitaciones económicas de la isla, todo cuanto pude, en mi época de joven no existía tanto bloqueo interno y las puertas de muchas instalaciones turísticas aún estaban abiertas para el pueblo, después la cerraron, encontrabas al llegar a la puerta de cualquiera establecimiento te cuestionaban si eras extranjero, de no serlo las puertas se cerraban en tus narices, o sea, viví una buena época para la juventud. Las playas no eran la destrucción que es hoy, el movimiento teatral era fuerte, las agrupaciones artísticas, al igual que los solistas se presentaban a menudo en los teatros, aún las salas de cine no estaban en proceso de extinción, los precios de los cabaret y club de La Habana no eran astronómicos, podíamos ir, la ciudad respiraba, vivía intensamente, existía vida nocturna y artística en la capital.

Antes de los 90 todo cambió, la segregación a los cubanos se hizo agresiva, nos cerraron infinidades de sitios, perdón, mejor dicho, simplemente fuimos vetados. Después de los 90, con la liberación de la moneda del enemigo, dejaron entreabierta algunas oportunidades, entonces nosotros no podíamos entrar, la llave mágica, el señor "don dinero" no lo teníamos, la crisis económica desatada en la isla con la desaparición de los países hermanos del campo socialista nos dejó sumido en la más cruel de las dificultades económicas, la brecha entre los ejecutivos ricos del gobierno y la población en general se hizo demasiado grande. Entonces te podría decir al salir de Cuba, para mí, "cualquier tiempo futuro sería mejor".

Me siento excelente, respiro a pleno pulmón, sin que nadie cuestione si respiro demasiado y el aire está limitado, acá encontré lo que jamás soñé, acá mi humilde ser pudo hacer la metamorfosis y convertirse de la fea oruga, destruyendo por su voraz hambre la flora del jardín, en una hermosa mariposa llena de colores, volando de flor en flor sin temor a prisiones o represarías, descubrí en mí un mundo jamás pensado, puedo decir sin temor, acá soy otro hombre.

Me considero un hombre respetuoso de la ley, por esa razón vivo libremente cada día. Si por algún avatar de la vida me regresaran a la isla, nada me ataría a ella, haría lo jamás pensado, lo imposible por salir de la isla prisión nuevamente y recomenzar sin importarme nada, ni la edad.

Decirte nunca he extrañado a Cuba es mentirte, fueron demasiados años en la isla, extraño muchas cosas, pequeñas cosas. Extraño a mis amigos, la confianza que existe con los amigos de antaño, con los amigos de siempre de llegar a sus casas y entrar sin tocar la puerta, de ir sin llamarlos o concertar una cita, sólo decir, "buenas, aquí estoy porque llegué", de sentir en esa casa, la cual no es tu casa, no eres un extraño, eres bien recibido y tu llegada no es desagradable, eso sólo lo sientes en tu país, en tu barrio, con tus amigos. Extraño caminar por las cercanías de la casa donde crecí y encontrarte con los viejos vecinos, los padres de tus amigos y tener esa charla informal en el portal, a la sombra de un almendro, eso lo extraño.

Extraño los niños jugando en la calle a la pelota, al futbol, empinando chiringas, sus risas, sus gritos, sus juegos locos sin ataduras a un celular, no porque no lo deseen, simplemente porque sus padres no lo pueden adquirir, ¿será que extraño mi niñez?.

Añoro la sonrisa de una mujer, a la cual dices un piropo y no te acusa de acoso sexual, de hostigamiento, sólo sonríe, si el piropo no fue grosero y fue de su agrado, sin que signifique nos vamos a la cama. Extraño ver una linda cubana caminar en las calles con un diminuto short, moviendo sus caderas, sus nalgas sin ataduras, su mirada, su sonrisa, su cabellera al viento, mientras aspiras en el aire sus feromonas provocando la lujurias de cuanto las ven pasar a su lado.

Extraño un trago de ron cubano, a ese trago lo hace especial el lugar donde lo tomas y el amigo con el que elevas tu copa y brindas, con el que juegas domino.

 Extraño la playa donde fui de joven, donde conocí a la novia, con la que compartí besos y caricias al movimiento de las olas.

Extraño el agua tibia de mis playas, no la fría, la insoportablemente fría de la Florida, el agua tibia que apaga el calor del trópico y te hace sentirla en tu piel como caricias de amor. Extraño la playa donde llevé de niñas a mis hijas, donde cuidé sus juegos, donde reíamos sin miedos, pensando, la vida es sólo esto, playa y risas, sin saber cuántos sin sabores les tocaría caminar mañana.

Extraño compartir, no un manjar, las migajas de mi mesa con alguien llegado sin avisar, porque ese, con quien lo comparto, sabe valorar lo que se lleva a la boca, sabe cuánto cuesta en la isla tener un mendrugo de pan cada día, por ello extraño dar de lo poco que tengo con quien como yo, tiene poco que dar.

Extraño un paseo por el campo, la visita a los amigos que viven lejos de la ciudad, llegar a sus casas, donde reina la pobreza, mientras rebozan riquezas en el corazón, extraño la alegría de sus ojos al recibirme, saber que a pesar de las dificultades y el exorbitante precio del combustible, no los olvido. Los domingos, los extraño mucho, más aún extraño, la risa de mis hijas, inocentes, corriendo libremente en los patios de mi vecindad.

Extraño los amigos de la juventud, algunos han muerto, otros desperdigados por la extensa geografía del mundo, extraño su complicidad, su entrega, la alegría de mi juventud, las fiestas, los paseos, la inocencia perdida al pasar los años y descubrir la vida no siempre te sonríe, son más lagrimas y dolor que risas, quizás por ello la juventud dura tan poco y la vida es tan corta.

Extraño sentarme en mi balcón, sentir la brisa de la tarde acariciar mi cuerpo, refrescando el bochorno del día, escuchar los ruidos de la tarde, las aves trinar, los niños jugar, mientras disfruto de una taza de café (no importa el nombre, la marca, si es cien por ciento arábigo o cincuenta por ciento mezclado con chícharos y otros granos, quién sabe cuáles) y deleito el aroma de un "Habano cubano", un tabaco cualquiera, uno de los más malos, no un Cohíba, un Montecristo, tampoco de una vitola especial, una tabaco de aquellos que venden en la bodega y permito a mi mente volar lejos, soñar, crear historias las cuales nunca escribiría, no poseía ni una máquina de escribir, mientras en ese momento, esas tardes únicas en mi balcón vivía como un "idílico existencialista", me abstraía, volaba, lograba viajar al país del nunca jamás escondido en mi interior desde mi lejana infancia.

Sólo me interrumpía el saludo de un amigo, un conocido al pasar y verme disfrutando de mi balcón, mi tabaco cubano y mis tardes, olvidando todas las penurias y necesidades vividas día a día y al final extraño tanto, que no se, si siento un inmenso, un gigantesco gorrión sobre mis hombros o simplemente lo que percibo es nostalgia.

Índice

Índice

Acerca de los autores

José Acosta escritor dominicano, ganador del Premio Casa de las Américas 2015. Es poeta, narrador y comunicador social. Ha ganado en cuatro ocasiones el Premio Nacional de Literatura de la República Dominicana. En 1994 su poemario *Territorios extraños* recibió el Premio Nacional de Poesía Salomé Ureña y en 1997 obtuvo el Premio Internacional de Poesía Odón Betanzos Palacios de Nueva York con la obra *Destrucciones.* Entre sus galardones figuran también una mención de honor en el Cuarto Concurso Internacional de Poesía "La Porte des Poètes", en París (1994), otra en la Bienal Latinoamericana de Literatura "José Rafael Pocaterra" celebrada en Valencia, Venezuela (1998). Su poemario *El evangelio según la Muerte* obtuvo en 2003 el Premio Internacional de Poesía "Nicolás Guillén", de México, y ese mismo año otro poemario suyo quedó finalista del Premio Internacional de Poesía "Miguel de Cervantes", de Armilla, en España.

Como narrador ha recibido numerosos premios, entre ellos el Premio Nacional de Cuento Universidad Central del Este (2000), con *El efecto dominó*; el Premio Nacional de Novela (2005), con *Perdidos en Babilonia* y el Premio Nacional de Cuento (2005), con *Los derrotados huyen a París.* En 2010, una novela suya estuvo entre las 10 finalistas del XV Premio Fernando Lara de Novela, de la editorial Planeta. En 2011, fue finalista del Premio Internacional de Cuento Juan Rulfo, de Francia, y ese mismo año volvió a ganar el Premio Nacional de Novela con *La multitud.*

Renandario Arango – Fotógrafo de profesión. Autoexilado por más de tres décadas. Sobrevive, mora o habita en Manhattan. Nace en Barranquilla bajo el signo de Acuario. Tiene exposiciones que cubre Estados Unidos, Puerto Rico, Cuba, Uruguay, Francia, Venezuela y Colombia. Es columnista de www.redacción.com

Blanca Irene Arbeláez - Ganadora del premio nacional de novela de misterio International Latino Book Awards, en 2014 en los Estados Unidos. Ha publicado los libros: *El primer amor nunca se olvida* (2010). *Te espero en el cielo. Las carangas resucitadas* (2014) es su libro más reciente. Colombiana de nacimiento y vive en Nueva York.

Adriana Carrillo - nació en Barranquilla, Colombia. Sus reseñas sobre música y cultura aparecieron en diferentes publicaciones locales y digitales como las revistas Víacuarenta, la Guía Cultural del Caribe, entre otras. Escribió libretos de radio y condujo entrevistas para el programa "Jazz en Clave Caribe", dirigido por el historiador musical Rafael Bassi Labarrera, en la emisora Uninorte FM Estéreo. Fue corresponsal de El Espectador desde el 2011 hasta el 2012, cuando se mudó a Nueva York. Allí ha explorado otras formas del periodismo narrativo. Actualmente, cursa en esta ciudad una Maestría de Estudios Liberales en el área de Biografía, Autobiografía y Memorias. Recientemente, se unió al equipo de la Casa Museo de Louis Armstrong en Corona, Queens.

Jacqueline Donado - periodista colombiana nacida en Barranquilla, documentalista, editora e investigadora de medios. Estuvo vinculada como corresponsal de los diarios El Espectador, El Tiempo y fue subdirectora de El Diario/La Prensa de Nueva York por once años. Articulista del New York Daily News y de la BBC de Londres. En 2006 fundó la Feria multicultural del libro de Nueva York: "New York Books Fair Expo" realizada durante siete años en el Queens Museum. En sus reportajes explora el mundo y los conflictos de los inmigrantes. Ha publicado: *Cuentos locos, por periodistas idem* (Compilación de relatos), 2006. *Willets Point, el jardín de las cenizas* (Crónica), *Willets Point: The Garden of Ashes* 2008, *Newyorkinos* (Relatos e historias de Nueva York), 2013. *El laberinto de la muerte en NY* (Reportaje), El Tiempo, Bogotá, 2014.

Mariel Escalante- nació en la Ciudad de México, estudió Ciencias Químicas en la Benemérita Universidad Autónoma de Puebla. Tiene una Maestría en Ciencias de Long Island University. *Voces con Eco* (2010) y *Esperanzas Desesperadas* (2013) son una colección bilingüe de poesía y prosa que contienen sus primeras creaciones literarias. Cuando no está traduciendo, editando o escribiendo, está leyendo cuentos a los niños en algún lugar. Junto a sus dos hijos y esposo, vive en una constante y divertida aventura bilingüe de ciencia, deporte, música y literatura, como la de **Memoria en Espiral**, parte de la Colección Narrativa Hispanoamericana 2015.

Pedro Arturo Estrada – Colombia. Ha publicado *Poemas en blanco y negro* (Editorial Universidad de Antioquia, 1994); *Fatum* (Colección Autores Antioqueños, 2000); *Oscura edad y otros poemas* (Universidad Nacional de Colombia, 2006); *Suma del tiempo* (Universidad Externado de Colombia, 2009); *Des/historias* (Cuadernos Negros Editorial, 2012); *Poemas de Otra/parte* (Cuadernos Negros Editorial, 2012); *Locus Solus* (Sílaba, 2013); *Blanco y Negro, nueva selección de textos* (Letera Ed. NY, 2014) y *Monodia* (Letera, NY, 2015). Es premio nacional *Ciro Mendía* en 2004, *Sueños de Luciano Pulgar* en 2007, *Beca de creación Alcaldía de Medellín*, 2012 y *Casa Silva*, 2013, entre otros. Textos suyos aparecen en diversas antologías nacionales y del exterior. Ha sido coordinador de talleres literarios con el ministerio de cultura de Colombia.

Miguel Falquez Certain - Barranquilla, Colombia. Reside en Nueva York desde hace más de siete lustros donde se desempeña como traductor en cinco idiomas. Es autor de *Reflejos de una máscara, Habitación en la palabra, Proemas en cámara ardiente, Doble corona, Usurpaciones y deicidios y Palimpsestos* (poemarios); de *Bajo el adoquín, la playa* (noveleta); de seis obras de teatro: *La pasión, Moves Meet Metes Move: A Tragic Farce, "Castillos de arena", "Allá en el club hay un runrún", "Una angustia se abre paso entre los huesos"* y *Quemar las naves*, así como de cuentos y relatos. Book Press–New York publicó *Triacas* (narrativa breve) y *Mañanayer* (poesía) en 2010. *Mañanayer* obtuvo la única mención honorífica en The 2011 International Latino Book

Awards en la categoría de mejor poemario en español o bilingüe y está disponible en Amazon tanto en papel como en versión digital para Kindle. Ha desarrollado su carrera literaria fundamentalmente en Nueva York. Licenciado en literaturas hispánica y francesa (Hunter College, 1980). Cursó estudios de maestría y doctorado en literatura comparada en New York University (1981-1985). Tradujo al español los guiones de Peter Buchman para las películas *The Argentine y Guerrilla* (2008), dirigidas por Steven Soderbergh. Su poesía abarca, por otra parte, tanto la angustia metafísica del hombre moderno, la muerte, el tiempo, la guerra, como la celebración de la amistad y el placer de vivir, mediante un lenguaje lírico de gran factura y significación. Algunos de sus relatos y poemas han sido traducidos al italiano, francés, griego e inglés.

Plinio Garrido, originario de Sincé, Sucre, Colombia. Reside en New York City desde hace 25 años.Narrador, poeta, ensayista, periodista y editor. Autor de las novela *LA REINA*, el libro de cuentos *Cuernos en Queens* y los poemarios *Confieso que estoy vivo, Flaca.* Fundador-Director de la publicación *Nosotros New York.*

Linda Morales Caballero nace en Lima, Perú y viaja mucho desde la niñez, lo que la lleva a vivir en Estados Unidos y varios países latinoamericanos. De adulta estudia por un tiempo en España e Inglaterra. Graduada Cum Laude es Licenciada en Ciencia de la Comunicación y Crítica Literaria, con Máster en Literatura Hispánica por Hunter College. En Nueva York ha sido profesora de La Guardia Community College, la escuela Renaissance y Naciones Unidas. Como periodista ha escrito para la revista Caretas, el diario El Comercio de Perú y El Sol de Argentina. Como letrista tiene numerosos temas con el Maestro Lucho Neves, y es miembro ASCAP.

Sus libros de poesía son: *Desde el umbral*, *Poemas vivos: el Hombre adivinado*, *Poemas tuyos*, *Encantamiento* y *Collage*. En prosa: *El libro de los enigmas*. Su trabajo ha sido traducido al inglés por el doctor Marko Miletich y publicado en diversas revistas Americanas como *And then* y la Canadiense: *KIN*. Ha sido publicada en varias antologías como ser: *Circunferencia de la palabra*, *The Edge of Twilight*, *Miradas de Nueva York*. Algunos de sus *enigmas* están siendo representados por *performers* y actores.

Junto a Mónica Ivulich, la fundadora de LAIA (Latin American Intercultural Alliance) crearon el concurso literario LAIA y sus respectivas antologías en Nueva York.

Su crítica literaria sobre escritores como Vargas Llosa y Junot Diaz, aparece en Tribes Magazine.

En 2014 forma en Nueva York, el grupo: *Fuego de Luna* junto con las poetas Maureen Altman y Silvia Siller a fin de promover el gusto por la tertulia, y cultivar la calidez humana de la comunicación a través de la poesía.

Álvaro Morales Collazo - Vive en Montevideo, Uruguay. Escribe desde niño, aunque asocia como punto de partida, al comienzo de la adolescencia, el regalo por parte de su madre dos libros de la colección *Multiaventura, Drácula,* de Bram Stoker, y *La máquina del tiempo,* de Wells. Desde entonces no ha dejado de leer. Ni de soñar con escribir.

A partir del 2012 participa en concursos literarios en línea. Ha publicado alrededor de quince relatos en diversas antologías, entre ellas: *IV* Certamen de Relatos Breves de la Asociación Cultural Alcublas*; Antologías homenaje a Cortázar y a Poe de la Editorial Artgerust; El saber no ocupa lugar, en Tala, Canelones, Uruguay;* accésit a mejor relato en lengua castellana en el "VII Concurso de Microrelatos de Terror y Gore (2013), que organiza el Festival de Cine de Terror de Molins de Reis.

Proximo a graduarse de Licenciado en Psicología. Al mismo tiempo complementa sus estudios con un postgrado en Psicología Individual Adleriana.

Armando G. Muñoz es el seudónimo del escritor cubano Bárbaro Gregorio Muñoz, nacido en el municipio Marianao, Ciudad de La Habana, poco más de cuatrocientos días antes que la historia de Cuba y América cambiara, vivió por casi cuarenta y nueve años el experimento socialista cubano.

Pudo ser un niño Peter Pan, no lo fue. En los sucesos de la Embajada del Perú vivía los difíciles días de soldado. Intento salir a México en el 1983 sin lograrlo, no se aventuró cuando los sucesos del maleconazo en el 1994 y posterior éxodo de los balseros, temió fuera una locura, además del miedo de arriesgar a su familia. Intentó viajar a Italia en 1996, a España en 1998, nuevamente a México en el 2002, algo siempre falló. Debió esperar hasta el año 2006 para lograr salir de Cuba por los beneficio de la lotería de visa de los Estados Unidos.

Al llegar, como la gran mayoría de los cubanos, comenzó su vida en el exilio en Miami, en ella vivió luego viajó a Unión City en Nueva Jersey, allí a orillas del río Hudson comenzó su nueva vida y su carrera de escritor, el frío invierno del norte le permitieron sentarse a escribir, un sueño largamente anhelado.

Su primera obra fue una entrevista ficticia a Fidel Castro, el dictador cubano, *Absolverme, no importa, la historia me condenara*, después vendría la novela *Gilda*, surgirían los poemarios; *Mis poemas de la red, La Rosa Amarilla, Tú, mi utopía*, los cuentos, *Recuerdos y recuentos, Palabras morbosas, New York through New Jersey's eyes*, un álbum de fotografías de New York realizadas desde el parque Hamilton.

Impreso en los Estados Unidos de América

Noviembre 2015

www.ingramcontent.com/pod-product-compliance
Lightning Source LLC
Chambersburg PA
CBHW020955180626
46814CB00003B/1106